D－呪羅鬼飛行（じゅらきひこう）

吸血鬼ハンター33

菊地秀行

朝日文庫

本書は書き下ろしです。

目次

イラスト／天野喜孝

第一章　空翔（かけ）る人々

1

その年の冬のさなか、〈西部辺境区〉の人民大法廷は、ある被告に懲役一億年の判決を下した。

被告はその場で、世にもおぞましく世にも珍しい提訴を行った。

「無益な一億という歳月を過ごすなら、陽光を浴びて灰と化すのが願いである」

と。

一時間の審議（しんぎ）の後、裁判長は新たな判決を読み上げた。

「被告の申し立てを検討した結果、〈北部辺境区〉の『人民大審問院』にて、その要望を審議・判決することに決定した」

人民大審問院は、通常、政治犯等を扱う〈辺境〉の最高決定機関である。これまでその法廷に立ちあった貴族は、全員附属の貴族生命研究センターへ送られ、その不老不死の謎を解明すべく、人体実験に供された。ある意味、凄まじい判決であったが、被告は微笑を浮かべ、

「感謝いたします」

と告げた。北への移送日は、それから一週間の後、移送手段は飛行体であった。


小さな空港の待合室に詰めていた人々は、十名を超す武装兵士に囲まれた移動車の柩(ひつぎ)を見て、露骨に顔をしかめた。

「何よ、あれ?」

酒場女らしい派手な衣裳を身にまとった女が、つぶれたような声を出すと、ひとつ空けた隣りにかけていた診療鞄を持った男が、

「知らんのか? ビクター・ハイランド公爵だ」

と言って、髯面(ひげづら)を撫でた。

昼は大分過ぎているが、窓の外はまだ明るい。

「一週間前に人民裁判で、〈北部辺境区〉の大審問院へ送られ、その後で人体実験に付されることになったらしい」

「人体実験?」

女は大きく眉をひそめた。

「よく知らないけど、バラバラに切り刻んで、生命の神秘とかを調べるんでしょ？　モルモット相手にやりゃあいいじゃないの。相手はあたしたちと同じ姿形をしてるのよ、医者（ドクター）」

「モルモットだって嫌がるぞ」

医者（ドクター）と呼ばれた男は、痛ましげな眼つきで、床に置かれた豪奢な彫刻付きの柩を見つめた。

「まあ、兵隊付きだ。わしらとは異なる専用輸送体だろう」

他の客たちも、忌（いま）わしげな視線を注いでいたが、じきカウンターの方に変わった。

「揉めとるな」

と医師が言った。

カウンターをはさんで、空港の担当係と将校が語気荒く言い交している。

「専用飛行体はどうした？」

「言っただろ。まだ到着してないんだ。連絡しても通じねえから、ここへ来る前にどっかへ落っこちたか、不時着したのかも知れん」

「いつわかる？」

「連絡が取れないんでね。マッギバンの空港から偵察機が出たんですが」

そこへ天井に近い出入口から、白い影が羽搏（はばた）きと一緒に入って来た。伝書鳥である。足に通信筒、胴体に二基のジェット・エンジンを付けている。空の妖物（ばけもの）に襲われたときの用心だ。

カウンターの指定位置に止まった鳥から通信筒を外して中身を読み、担当が、

「わかったぜ」

「おお！　どうなった？」

　身を乗り出す将校に、

「えと。行方不明だってよ」

「何ィ？」

「おれに凄(すご)んでも仕様がねえ。あんた方の専用飛行体は、半日前にガイピアスを出てすぐ——一時間で連絡が取れなくなり、以後行先不明だ。ガイピアスからここまでは二時間。空に呑みこまれちまったんだな」

　将校は口をつぐんだ。〈辺境〉の空の怪異は彼も知っている。

　翼長百メートルもの妖鳥の群れと遭遇した飛行体は数知れず、貴族がバラまいた人造空中魔(グレムリン)に翼をもがれたりして墜落した輸送体は無数、討伐用の戦闘飛行体ですら、半数は帰還しないという。担当者の言葉を否定は出来なかった。

「では、代わりを出せ」

「消えちまったのが、この辺じゃただ一体まともなやつだったんだ。後のは、エンジンがイカレたり、方向舵がなかったり、燃料が洩(も)れたりで、いま何とか飛べるのはバラモンドにしかねえ」

「バラモンド——西の果てか。ここまでは丸二日かかるな」

将校は唇を固く結んだ。

「待つしかねえな。専用体で行きたきゃあ」

嫌味ったらしい担当の口調が、将校の眼を光らせた。

「一般用ならあるのか？」

「ああ——ただし、彼らと一緒だよ」

顎をしゃくった先に、ロビーの客たちがいた。

「しかし、彼らのは旅客飛行体だろう。輸送体とは馬力もサイズも違うぞ」

「おいおい、ここは文化果つる空港だぜ。そんな贅沢言ってられねえんだ。使用体はガンスクエアQ18——あんた方の専用体と同じ型（タイプ）だよ——げっ⁉」

眉間に突きつけられた火薬銃を眺める顔に、みるみる汗が噴き出した。

「なぜ、それを早く言わん。貴様、公務執行妨害と認めて、射ち殺してやろうか？」

「おいおいおいおい」

「他の搭乗客は何人だ？」

「あそこの酒場女と酔いどれ医師と顔色の悪い男の子と母親、それと〈北部辺境区〉へ向かうどっかの田舎代議士と秘書だ。スタッフはパイロットがひとりきり。あんた方が全員乗ってもビクともしねえさ。貴族の呪いがかかりでもしなきゃあな」

「よし。すぐ搭乗手続きを取れ」

年代物のロビーに集った客たちを見廻しながら、将校は妙な気分に取り憑かれていた。

どう見ても、

――ひとり多い
のだ。

兵士は十一人。何度数えても同じだ。それなのに、もうひとりいるような気がして仕方がないのである。

――いないのにいるのは、どいつだ？

もう一度眼を凝らしたとき、柩を守っている部下のひとりがやって来て、

「異な音が」

とささやいた。

カウンターを離れて近づくと、確かに妙な音が柩の内部から聞こえた。

「違う。音じゃない」

将校は眼を見張った。

「これは声だ。公爵の苦鳴（くめい）だ」

兵たちは顔を見合わせた。

「いつからだ」

「その――ここへ入ってすぐ」

将校は納得した。

貴族にはわかったのだ。恐らく――同類のいることが。

だが、現在は昼だ。貴族は眠りについている。死にも等しい深い眠りに。それなのに苦鳴が上がる。上げさせる原因は何だ？

或いは――誰だ？

またふり返った。

彼は前へ出て、声を張り上げた。

「我々は重要な犯罪者たる貴族を、〈北部辺境区〉まで護送する任務を帯びている。専用飛行体に不備があり、諸君らと同じ飛行体で同道することになった。よろしく頼む」

敬礼した。客たちは上目遣いに見、或いはそっぽを向き、或いは眼をそらしたまうなずいた。〈都〉でも〈辺境区〉でも、権力の尖兵が白い眼で見られるのは宿命だ。

いまの将校にそんなことはどうでもよかった。狙いは的中したのだ。

会釈した商人らしい男の背後に、その影は見えた。だが、そこは将校が別の角度から何度も見て、誰もいないのを確かめた場所なのだ。

黒い旅人帽、ロングコート、そして左手の長剣――どれもがひどく鋭く重く、将校は自分が盲目の愚か者と罵られているような気がした。

「あと五分で離陸する。チケットを持って搭乗ゲートの前へ」

黒衣の姿が立ち上がるのを待って、将校は部下たちのところへ戻った。

柩の呻(うめ)きは熄(や)んでいた。

「凄え声でしたね」

伍長が額の汗を拭き拭き言った。

「内臓(はらわた)をかき廻されてるようで、死ぬかと思いましたよ」

「全くだ」

その呻きがまた聞こえたのは、搭乗ゲートへと歩き出してすぐだった。

声は貨物室へ納めると消えた。見張りを三人残して、将校は残りと客室へ向かった。

Q18は人間なら五十名、プラス、貨物は五十トンをこなす。将校たちを加えてもスペースは十分だ。席は中央通路をはさんで左右に一列ずつ。向かい合わせにかける。長いベンチにクッションを乗せただけの椅子(シート)の右の最後尾に、黒衣の若者は腰を下ろしていた。長剣は左肩に立てかけてある。

部下たちには適当にかけろと命じて、将校は若者の隣りに腰を下ろした。飛行体は離陸した。

すでに気づいてはいたが、横顔さえ正面から見ることは出来なかった。美しすぎるのである。

将校としての威厳に支障を来たす怖れがある。唇を舐めてから、

「自分は〈西部辺境区〉第七総合師団G小隊のギスパレリ少尉だ。失礼ながら、Dという名前

ではないかね？」

「確かに」

　鉄のような声が、少尉の胸を衝いた。

「会えてよかった。ご存知かどうかは知らんが、自分と部下たちは、ビクター・ハイランド公爵の身柄を〈北部辺境区〉の『人民大審問院』まで移送する使命を帯びている。飛行体なら三日で着く。だが、その間に何事も起こらんとは、とても思えないのだ。公爵を怨む者は、人間にも貴族にも多い。恐らくは、我々には想像もつかぬ手段を講じて来るだろう。その際、君の力を借りたい」

　美しい顔は、両眼を閉じて少尉の話を聞いていたが、少し間を置いて、

「軍が民間人の手を借りるのか？」

「任務が任務だ。特別規定で認められている。実は上層部から優れたハンターの手を借りろ。例えば——ということで、君の名前が出ているのだ」

「貴族の護衛はせん」

「そう言うだろうと思っていたが、そこを何とか頼みたい。公爵を仲間の手には渡せんのだ」

「貴族は何度か人間の裁判にかかっている。特別な見張りは必要あるまい」

「〈南部辺境区〉のボルカン・シャルロット男爵、〈東部辺境区〉のパウエル卿一族、〈西部辺境区〉ならショルベック大公——どれもそれなりの大物だが、ハイランド公爵とは格が違う。

彼奴（きやつ）は、ハイランド虐殺事件の最高責任者なのだ」

「ひと月の間に三万人が虐殺された、ここ三百年なら大事件だが、それ以前となると、百万、千万単位の人間抹殺計画が何度も行われている。眼を剝くほどのことはあるまい」

「たとえひとりでも、正当な理由なく殺人を犯した者は、裁判にかけられる。人間と貴族とを問わずにな――これは揺ぎなくそうであるべきことだ」

Dは正面から少尉を見つめた。

――いかん
克己心どころか魂まで吸い取られそうな気が、少尉にはした。

だが、すぐに美貌を戻して、

「そろそろ来るぞ」

と言った。

「――公爵の一味か？」

少尉は窓外を覗いたが、夕空と雲以外は何も見えなかった。十分足らずで陽は西に沈むだろう。

「何もいないぞ」

「外とは限らん」

少尉は胸が爆発したような気分に陥った。

「――まさか⁉」

　内部を見廻す前に、右手は腰の火薬銃にかかっていた。

「ハイランド公爵は、自分の領地の果実の栽培や、動物の世話をするために人を雇ったが、その多くは戻って来なかった。人々はすぐ、館の一角にあった実験室へ送られ、生体解剖に付されたのだ。何のためかは、公爵はいまも明らかにしていない。忌わしい手術の件はすべて認めたから、肝は太いらしい。ところが、半年ほど前、公爵とつるんで解剖を行っていた人間が浮上した。〈都〉の大財閥のトップ、フィット・モルゲンだ」

　何名もの大貴族の財産を、彼らの遺言によって正当に相続し、様々な企業を創立して類い稀なる経営能力を発揮、いまでは〈辺境区〉を除いて世界経済の実質上の支配者といわれる伝説の人物だ。素姓も明らかではないが、自らに対するあらゆる敵意や疑惑のすべてを力でねじ伏せて来た。

　鉄道会社と船会社のほとんども傘下に収め、今回、公爵の移送に空路が使われたのも、そのせいだといわれる。

「モルゲンが公爵とどのような形で手を組み、利益を分け合ったのかは、いまもわかっていない。そもそも貴族と人間に同一の目的が存在するなどあり得ないことだからだ。公爵の館に調査団の手が入れば、いずれは明らかになるとは思うが」

「〈神祖〉は関係していないのか？」

Dが訊いた。その問いは、少尉の胸を無惨に貫いた。

「いや。公爵は、〈神祖〉命の忠僕として知られている。今回の大虐殺も裏では〈神祖〉の遺志が働いていると、もっぱらの噂だ」

「〈神祖〉が貴族を通して、人間と手を結ぶか」

Dの声は、少尉の胸の傷を致命的にした。

「まさか、な」

「人間の名が浮上してきた以上、そのまさかだ」

自らの言葉の効果など知らぬげに、Dは淡々と冷厳に、

「公爵は人間以外につるんではいなかったか？」

「二人いる。ギリラーナ男爵とユン・リー大公。どちらも〈西部辺境区〉では大物だ。ただし、抗争していたというデータもある」

そのとき、二つの声が同時に上がった。

「つるんでたわよ」

「だが、仲は悪かった」

Dの斜め右のシートにかけていた酒場女と医者であった。

2

Dと少尉に限らず、訝（いぶか）しげな一同の視線を愉（たの）しげに浴びて、

「あたしはマキ」

「わしはドクター・ジーニアスだ」

少尉は会釈して、

「これはこれは――しかし、公爵と他の二人が不仲だったとは初耳ですな」

「どっちも人間の従者を雇ってたのよ」

「わしのところにもそいつらが来てな」

情報の仕入れ先としては、かなり信頼できる。

「つるんでいながら、不仲というのは、どういうことです？」

「大量虐殺も、愉しみながらやっていたのと、そうではなかったということだの」

ドクター・ジーニアスは、さっきから飲（や）っていた安ウィスキーの瓶を傾けて、

「あいつらの話では、公爵が行け行けドンドン、後の二人は嫌々加わっていたということだ」

「何をしていたのです？」

「そこはしゃべらんかったの。多分、あいつらも知らんかったんじゃろ」

「あたしには、何か新しいものをこしらえるとか言ってたわよ」

マキが口をはさんだ。

このとき、Ｄの眼がある光を帯びたのを、誰も知らない。

「わからんな」

少尉は当然の感想を洩らした。もうひとり――

苦しげな呻きであった。

母子連れの男の子の方だ。Ｄから四人分ほど離れた席で、男の子がひどく震えている。

客たちの視線はそちらへ集中した。

「どうかしたのかね？」

少尉が、医師の方へ眼をやりつつ訊いた。

「何でもありません」

慣れているのか、母親の返事は落ち着いていた。

「時々、引きつけを起こすんです。気にしないで下さい。すぐ治ります」

「とも思えんな」

そう言ったのは医師である。

「単なる引きつけにしては、顔色が悪すぎる。呼吸も浅い。貧血だな」

「違います」

母親の声に怒りと怯えが混じった。

「この子はそんな」

「では、早く鎮静剤を服ませるがいい。わしゃ何もせんで済む方がありがたい」

血の気を失った唇から、また呻きが洩れた。悪い呻きだった。

うーい、と医師が負けじとイカレた声を放って、

「やはり、医者として放ってはおけんな。お袋さん、ちと診察させてもらいたい」

「結構です。近寄らないで」

母親は男の子を抱きしめ、医師を睨みつけた。まだ三十代半ばらしい端正な顔を埋めているのは、怒りよりも自暴自棄といってよかった。

「奥さん――」

マキが声をかけた。

「そちらはお医者さまだよ。ここは任せたらどうだい？」

母親は挑むような表情を、マキに向けた。口調が変わった。つぶやくように、

「医者なんて――医者なんて、役に立つもんか」

「キミ、それは早計だぞ。いいから見せてみんか」

「嫌だ、嫌だ、放っといて」

女は息子を抱きしめた。荒い息遣いが人々の耳に届いた。それを破ったのは、嗄れた、哀

しげな声だった。

「母さん……お腹が空いたよう……母さん……苦しいよお……」

「おい──そこの医者」

威丈高な叱咤は、三つ揃いの贅沢な衣裳の主が放ったものだ。彼は立ち上がり、ジーニアス医師を指さした。黄金の指輪が光っていた。

「子供が苦しんでいるではないか。なぜ、見てやらんのだ？」

「一応、親の意見も聞かにゃならんのでな、ギャルストン政治部長殿」

喜色が三重顎の顔を覆い──しかし、たちまち怒りに歪んだ。ちらと向けられた客たちの視線には軽蔑だけが含まれ、すぐにそっぽを向いてしまったのだ。

彼は咳払いをして、何とか暗い感情を追放した。

「わしを医者だと思うのなら、余計な口ははさまんでもらおう」

こう言い放つと、医師は母親に近づき、肩に手を乗せた。

その手首を黒い手が掴んで引き戻した。

「D？」

眼を丸くした医師へは一瞥（いちべつ）も与えず、黒衣の若者は、

「母親に任せろ」

と言った。

「しかし――」

と言いかけ、医師は、はっとした風に動きを止めた。すぐに額に手を当てて軽く叩いた。

「そうか――そういうことか」

途端に、冷気のようなものが機内を吹き抜けた。

「おい、ドクター――ひょっとしたら、その子は？」

念を入れようとする莫迦は、ギャルストン政治部長だった。

「先生」

かたわらの女秘書が注意を促したが、

「まさか――あれか？　そうなのか？」

「さあてな。診察しない限り、何とも言えん」

「何ということだ。三日間も空の旅をともにしようとする相手が……」

「先生」

と秘書が彼の肩を摑んで引き戻した。

シートにつく前に、ギャルストンは、樽のような巨軀を震わせて指さした。Dを。

「おい、おまえ――名前はわしも知っておる。〈辺境区〉随一の貴族ハンターらしいな。その子供がおかしくなったら、何とか出来るんだろうな？」

Dは沈黙している。

「え？　どうなんだ、その剣は飾りか？　子供といえど、ひと思いに――」

「いい加減にしたまえ」

　ギスパレリ少尉が前へ出た。その足を止めたのは、黒衣のひと言であった。

「もっといい手があるわい」

　全員が眼を剝く嗄れ声であった。

「ひとり差し出せば済む。血と力の余っている男をな」

　Dの眼がギャルストンを射た。田舎の政治部長はへなへなとシートに腰を落とした。彼は違うものを見てしまったのだ。

「失礼しました」

　女秘書が頭を下げた。まだ若い――マキより少し下――二十代に入ったかどうかだろう。だが、その冷たく美しい顔立ちと冷厳な口調に、秘書としての有能さが表われていた。

「〈北部辺境区〉で重要な会議が開かれるため、先生は焦っておられます。ご容赦願います」

　お決まりの沈黙が湧き出し、すぐに雰囲気は元に戻った。

　母親は男の子を胸に抱き、乳を与えているようであった。

「色々な奴がおるな」

　腿に置いたDの左手のあたりで、嗄れ声が言った。Dにしか聞こえぬ波長であった。

「しかし、血吸い症とは厄介だぞ。必ず何か起きる」

と言ってから、

「あの何とか政治屋は糞だが、秘書は出来るな。誰よりもまず、あの母親に詫びたわい」

Dは眼を閉じたままだ。

「問題はもうひとつある」

と左手は言った。

「貨物室の公爵だ。あいつと他の貴族との関係がよくわからん。おまえとさえ出会わなければ、おとなしく〈北部辺境区〉へ運ばれたものを、貴族の鬼気には反応せざるを得ん。ただでは収まらんぞ」

悲鳴が上がった。

シートから床へ落ちたマキが、丸窓を指さして、

「鳥が、ぶつかって来て」

指も声も震えていた。

窓は紅く染まっていた。とび散った血の向うに青さを増した空と雲が変わらず浮かんでいた。

「何事だ？」

ジーニアス医師が、自分の背後の窓を覗いた――刹那、黒い塊が激突するや、血がとんだ。

「うおっ⁉」

のけぞる医師はさすがに窓から眼を離さず、すぐに剝がれた翼のある塊を、

「タカトビガラスだ。この高度に多い。だが、飛行体にぶつかるなどというのは、聞いたこともないぞ」

「右方から鳥の大群が接近中、ベルトを締めて下さい」

パイロットの声である。

それが終わる前に、続けざまに飛行体が揺れた。

悲鳴が上がった。マキである。

「飛行体のコントロールは完璧です。ご安心下さい」

パイロットの声は落ち着いていたが、作りものなのは一発でわかった。飛行体は揺れっ放しなのだ。

「怯えておるな」

と医師が固い声でつぶやいた。

「何かが、彼らの背後にいるのだ。彼らはそれから逃げているのだ」

「何よ、それ?」

マキが医師の腕を摑んだ。

「空にいるものだ。貴族が放したものかも知れんが、その存在は、貴族がのして来る前——古代史の頃から知られていた」

「だ、大丈夫かしら?」

「わからん」

医師はウィスキーをひと口飲（や）った。

「どうだ一杯？　気休めにはなるぞ」

返事は悲鳴だった。飛行体が大きく揺れたのだ。

窓外の青は、いまや暗黒に変わり、その彼方から何かが近づいて来るのだった。

「君——兵隊ども——何とかしろ！」

ギャルストンが喚（わめ）いた。

少尉は操縦席へと向かった。ドアの外から、

「ギスパレリ少尉だ。訊きたいことがある」

「何でもどうぞ」

「窓外から何かが飛行体を追って来る。対抗策はあるか？」

「全然」

操縦士は、開けっぴろげな性格のようであった。

「同型には上方に機銃座があるぞ」

「そうだった」

操縦士が手を叩いた。

「上部に旋回銃座がある。しかし、もう三十年も手入れをしてないからなあ」

「無事に戻れたら、この会社に法的手段を取るぞ」

「いいとも。戻れたらな」

「銃座へのステップを下ろせ」

「あいよー」

いきなり通路の真ん中へ、天井から錆びついた鉄梯子が下りて来た。

「ハンドー、上がれ」

呼ばれた部下はすぐ梯子を昇った。

「機関銃はどうだ？」

槓桿（ボルト）を引いて戻す音が何度も聞こえ、不意に、ドドドと発射音が連続した。大口径——五〇ミリはある。しかも、連装だ。

「使用可能です」

「よし、おかしなものが来たら射て」

「了解——うぉっ⁉」

続く銃声よりも、兵士の悲鳴の方が客たちを戦慄させた。血の塊が床にぶつかり、とび散った。

「ハンドー⁉」

少尉が梯子を上がり、兵士を引き下ろした。

「見るな！」

と叫んだが、遅かった。

マキが眼を剝き、女秘書が固く眼を閉じてよろめいた。母親が絶叫を放つ。

兵士の死体からは、首が失われていた。

「サッカレー——替わって射て」

命じて、少尉は銃座を見上げた。

兵士はやって来ない。

「サッカレー⁉」

ふり返った。立っているのは兵士ではなかった。

「D⁉」

立ち尽す彼の前で鉄梯子を摑み、Dは黒い風のように銃座へ昇った。

彼は血まみれの武器にもシートにも眼もくれず、銃座から身を乗り出した。

凄まじい風が帽子と髪をなびかせた。構わず機上へ出た。長剣は背にあった。

3

「彼ひとりで大丈夫か？」

ギャルストンがハンカチで額を押さえながら訊いた。冷汗が止まらないのである。

「お、おまえも行け。兵隊ども。戦いが仕事だろう」

「彼らが行っても無駄死にだ」

と医師が赤ら顔で言った。

「魔性を斃(たお)すには魔性――〈辺境〉の鉄則だぞ。任せい」

「そうもいかん」

少尉は鉄梯子に手をかけた。

「うわっ⁉」

と叫んでとび下りた。

その足下に、黒い巨大なミミズを思わせるものが下りて来た。

くねくねと身をよじらせながら、操縦席の方へ迫っていく。

「全員――射撃！」

少尉が腰のホルスターから火薬銃を抜いた。狙いをつけて引金(トリガー)を引いた。駆けつけた兵士たちも長銃を射ちまくる。ガンスクェア型は軽快さを無視する代わりに、内側は鉄板でカバーされている。小銃弾くらいは軽く跳ね返す。

そいつは弾痕から黒い汁を噴いた。それを浴びた兵士の顔はみるみる溶け崩れた。

「射つな。飛行体が溶けるぞ！」

少尉が叫んだ。

そいつは向きを変えた。

マキの眼前で、ずんぐりした頭部が十文字に裂けた。その奥に口のような洞が開いていた。

マキの前に少尉が立つや、溶けた兵士の長銃を掴んで射ちこんだ。

突然、そいつは動きを止め、猛烈なスピードで機銃座に吸いこまれた。

暴れ方の凄まじさと、去り際の唐突さが、一同をその場に硬直させた。

鉄梯子を黒衣の影が下りて来た。Dである。長剣は鞘にあった。

「どうでした？」

少尉が訊いた。しっかりした声である。

「片づいた」

どのような相手を、どのように片づけたのか？　先刻の溶解ミミズはその一部だったのか？

何ひとつわからぬまま、人々は緊張を解いた。

「終わりかい？」

操縦士の声が訊いた。全員がそちらへ憎悪の眼を向けたほど、のんびりした声であった。

「なら、シートに戻ってくれ。あと十分でグズマン空港だ」

6：00AN（アフタヌーン）。空港に下りたとき、世界は、闇の支配下にあろう。

部下の死体を土地の軍隊に預け、事情聴取を終えたギスパレリ少尉が解放されたとき、周囲は夕闇に包まれていた。

燃料の注入と飛行体の点検に二時間。その間、乗客たちは空港のレストランや土産物屋で時間をつぶすか、外を廻るしかない。

とりあえず、母子を除く全員がレストランへ入った。食堂といった方が正しい、テーブルと椅子と厨房がついただけの木造の小屋である。

早速、ギャルストンがシチューをひと口やって、喚いた。

「これが金を取る味か。コックを呼んで来い」

確かに凄まじい味だが、他の客は黙々と口へ運んでいる。いつ何が起きるかわからない〈辺境〉では、確保できるときに、確保した食事を摂らないと、次はいつ口に出来るか保証はないのである。

少尉はDがいないことに気がついた。

レストランを出て滑走路の方へ行くと、格納庫の前に人影が見えた。

「さっきは助かった」

近づいて声をかけたが、返事はない。大空の戦いなど、この美しいハンターにとっては憶い出すほどのことでもないのだろう。

「公爵が気になるかね？」

話題を変えてみた。

思いがけない答えが返って来た。

「張本人か？」

虐殺の、という意味だろう。

「裁判の判決ではそうだ。万を超える犠牲者か――奴は何をやっていたんだ？」

「実験だ」

「新しい何かを造り出すってやつか？　新しい何かがわからない限り、納得できないな」

「人間と貴族の間から生まれた新しい生命の創造だ」

一応の理解を組み立てるまで、少しかかった。

声は震えていた。

「人間と――貴族？　つまり、ダンピールか？」

「かも知れん」

「そんなものをこしらえてどうする？　ダンピールのほとんどは一種の殺人狂か性格破綻者だ。あなたは例外中の例外と聞いている。そうか、何万人死のうが、もうひとりのDが生まれれば――」

少尉は口をつぐんだ。いつの間にか身体が芯まで冷え切っている。Dが見ていた。否、睨んでいるではないか。

「失礼」

やっと出た。

格納庫の大扉が開いて、兵士が駆け寄って来た。

敬礼して、

「自分に近いものがいるはずだ、と公爵が申しております。是非、話したいと」

少尉はDを見て、

「あなたしかおらんな」

「断る」

Dはにべもない。

「おれが用のある貴族は、斃(たお)すべき貴族だ」

「それはそうだろうが――わざわざ呼びに来たのはどうしてだ？」

普通、護送犯の要求など無視してしまう。

やって来た兵士は直立不動の姿勢を取って、

「無視していたのですが、そのうち柩に近い者の毛穴から、血が噴き出しまして」

「ほお」

と唸ったのは、少尉でもDでもなかった。

「脅されたか？」

少尉が、とがめるように訊いた。

「いえ。自分の判断で参りました」

「どうだね？」

少尉は不安を表情に出すまいと努めながら訊いた。

「よかろう」

嗄れ声が応じ、Ｄは格納庫の方へ歩き出した。


ジーニアス医師は、母子から眼を離さずにいた。ある想像に確信を与えねば、この先、落ち着いて眠れない。

飛行体の中で乳を与えてから、男の子はひと言も発しない。レストランにも来ずに、空港ロビーの椅子にかけたままである。

「おい、付き合え」

とマキに声をかけた。

「何処へよ？」

「あの母子のところだ。確認したいことがある」

「何よ、それ？」

「うるさい、来い」

腕を摑んで、二人で母子のところへ行った。

「失礼。わしはドクター・ジーニアス、こちらは」

「マキ・キサベックよ。よろしく」

母親は迷惑そうに、それでも、マキには小さな笑顔を見せた。

「あたしはオハラ——ジェニー・オハラ。息子はアクア——六歳よ。〈北部〉の医者にかかりに行くの」

「血吸い症じゃろう？」

医師が容赦なく訊いた。

母親——ジェニーは眼を伏せた。何も言わない。それが答えだった。

「あれは大本の貴族の格によって症状が異なる。診察させてくれんか？」

「知ってるなら——どうしようもない病気ってことくらいわかるでしょうが」

「わしに任せてくれんか？」

「え？」

歓びが、美しい顔にとび散り、すぐに消えた。とうに回復を諦めているのだ。

「もう放っといて下さい、先生（ドクター）。出来るだけの手は打ちました。息子は血を吸わなければ生きていけません。何もかも、ハイランド公爵のせいなんです。あいつさえ、息子に眼をつけなかったら——」

「わかるが、なってしまったものは仕方がない。それよりも、治るかどうかの方が肝心だとわしは思うが」

「治りっこない」

母親は激しくかぶりをふった。

「治りっこない」

「なら、どうして〈北部〉へ向かう？」

母親は息を呑んだ。長い沈黙を医師は許さなかった。

「治療のためだろうが。〈北部〉には最新の医療施設がある。血吸い症も治るかも知れんぞ」

母親は息子を抱きしめ、身を固くした。

「いいか、希望はある。どんなささやかな夢も希望も叶わない――そんな世の中はあり得んのと同じだ。希望は小さいかも知れんが、何処にでも転がっておるぞ。そもそも――」

マキが喚き続ける医師の肩をゆすり、母親の肩をそっと叩いた。

口をつぐむ医師にうなずいてみせ、

「ジーニアス先生、きっと信頼できるわ。見せるだけ見せてみたら？」

「そうなさい」

応援が加わった。ギャルストンの女秘書であった。手にビール缶。ロビーの自販機を利用しに来たらしい。

ジェニーはその顔を見て、うなずいた。

「わかった――先生、お願いします」

「よっしゃ」

動き出す医師と二人を確認し、マキは女秘書に肩をすくめてみせた。

「あたしがいくら言っても駄目だけど、あんただとひと声ね。元が違うから」

「よして頂戴。私――ヘイゼル・スノウ。ギャルストン先生の秘書をしています」

「よろしくゥ」

「気をしっかり持って。お子さんが見てるわよ」

母親に声をかけてヘイゼルは歩き去った。ハイヒールの音が銃声に聞こえるような歩き方だった。

「血を呑ませているな?」

ジーニアス医師が低く訊いた。

母親――ジェニーは俯いたまま、

「ええ」

「あんたの血か?」

「他にも。アパートの隣りの人たちや管理人の血も頂いて来たわ。あたしひとりのじゃあとても足りないんです」

「一日に何回与えている？」

「決まっていません。この子の飢えは一定していないんです。朝呑んだかと思うと、一時間もしないうちに求めて来ますし、丸一日吸わずにいて平気なこともあります」

「ふむ。血吸いの要求は、人間の食事と同じというのが鉄則だが、この坊主は例外だな」

「キツいわねー」

　とマキが天を仰いだ。

「量はどれくらいだ？」

「それは――一回約三百ＣＣです」

「うわォ」

　母親の貧血顔の理由が、それではっきりした。彼女が服用しているのは造血剤に違いない。

〈西部辺境区〉では、血吸い症が多くてな。医者たちは呪術師や霊媒師と組んで、色々個性的な特効薬を作っている。わしも一種類仕上げたがの」

　母親がはっと皺だらけの顔を見上げ、マキが、

「あら〰〰」

　と頭のてっぺんから声を出した。

「なに隠してたのよ、先生。やるじゃャン」

「ふぉっふぉっふぉっ――しかし、これを作るのには金がかかった。只というわけにはいかん

ぞ」

「ちょっとお。あんた医者でしょ?」

マキが睨みつけたが、医師は涼しい顔で、

「〈辺境〉で患者を救けるためには、最新の設備が必要でな」

「幾らでしょう?」

と母親が訊いた。

「ひと袋十ダラス」

「いい加減にしなさいよ」

マキが喚き、母親は肩を落とした。

「普通の薬の百倍じゃあないの。医者の立場で、よくもヌケヌケと口に出来るわね」

「最新設備」

「もう——眼の前に苦しんでる子がいるのよ。生命を懸けて救けてやろうって気にならないの?」

「生命を懸けては、他の患者が困る」

「あのね、医者っていうものは——」

「もういいんです」

母親が強い口調で言った。何かを思い切った口調だった。

「乾燥血液を用意して来ました。あたしの血と合わせれば、〈北部〉まで間に合います。それで十分です」

マキはジーニアス医師の胸ぐらを摑んだ。

「ね、何も感じないの？」

「何をだな？」

「この」

ふり上げた拳を、冷たい手が押さえた。氷に近い冷気に愕然（がくぜん）とふり向き、マキはそこに立つ紫のケープ姿を見た。

「あ、あんたは……」

ジーニアス医師の声は死人のようだった。マキもジェニーも声ひとつ立てられない。

「ビクター・ハイランド公爵だ」

とケープ姿は言った。

第二章　気高い囚人

1

柩の中に、ハイランド公爵は確かに眠っていた。

「異常はなしだな」

ギスパレリ少尉は安堵を抑え切れなかった。

Dは兵士たちをふり返って、

「何も見なかったか？」

その眼差しの凄まじさに、荒くれ男たちは震え上がった。

「はい」

ひとりが片手を上げた。

「何を見た？」

訊いたのは、少尉である。

「ほんの一瞬——うつらうつらしたとき、公爵が眼の前を通過したような気が。すぐ眼を醒まして見たら、勿論、誰もおりませんでした」

「彼は柩にいるぞ」

敵意と反感の声がDに向けられた。

「貴族は陽が落ちると同時に眠りから醒める。眠っているのは、柩にいないからだ」

「どういうことだ？」

Dは身を翻して格納庫を出た。

「四人残れ」

と告げて、少尉も後を追う。

「これは意外だったの」

左手がつぶやいた。

「まさか、公爵が幽体離脱の法を使うとは。何の目的じゃ？」

答えぬまま、Dは空港のロビーへとびこんだ。

マキとジーニアス医師と血吸い症の母子がいた。

「公爵を見たか？」

Dが訊くと、一斉に首を横にふった。

　Dは男の子に眼をやって、

「眠ったままか？」

「はい」

　男の子の小さな額にDの左手が当てられた。すぐに離して、

「公爵が来たな」

「え？」

　全員が硬直した。

「この子を病にしたのは公爵か？」

「そうです」

　ジェニーは息子を抱きしめて言った。

「二歳のある日、ベッドからいなくなり、一年後の同じ日の同じ時間に、同じベッドで眠っているのが見つかりました。前と違うのは、血吸い症にかかっていることでした。村では何人も同じ目に遇った子供たちがいます。帰って来たのは、アクアだけでした。みなハイランド公爵の仕業です」

「身体に手術の痕は？」

「頸に小さなのが二つ」

　アクアの顎に手をかけ、Dは左の頸部をこちらに向けた。確かに二つの針でつついたような

痕が頸動脈の上に並んでいた。

そこから、赤いすじが数センチ下りている。

「まさか、そんな」

ジェニーが死人の顔色になった。

「公爵か？」

とＤ。

「間違いない。だが――」

左手が口ごもるのは珍しい。

「何だかわからないけど、すぐに始末すべきじゃない？」

覗きこんでいたマキが、自分を抱きながら言った。

「そのとおりだ！」

いままでこの場にいなかった人物の声が後を継いだ。

ギャルストン政治部長は、恐怖に狂ったような表情でアクアを指さした。

「貴族に血を吸われた餓鬼と旅が出来るものか。おい、すぐに処分しろ」

命じられたのは少尉である。

「残念ですが、自分たちの任務は、公爵の身柄を『人民大審問院』へ送り届けることであります。それ以外は行動に移せません」

「何を言うか？　貴族に血を吸われた餓鬼だぞ。貴族の命令で何をしでかすかわからん。飛行中に貴族の力を借りて暴れ出したら、どうなると思うのだ？」

「貴族に血を吸われたとは限らんぞ」

「な、何を言う、この酔いどれめ」

ギャルストンは、眼を吊り上げてジーニアス医師を睨みつけた。

医師は酒瓶を上げて挨拶し、

「首の傷から血が出ただけだ。虫に食われたのかも知れんぞ」

と手で追い払うような仕草をした。勿論、何も飛んでいない。

「貴様――言いがかりをつける気か？」

ギャルストンが喚いた。獅子の咆哮を思わせる蛮声であった。こうやってのし上がって来たに違いない。

「先生――おやめください」

秘書――ヘイゼルが割って入った。

「言いがかりはそっちじゃないの」

マキは医師側についた。

「ここは田舎の議会じゃないのよ。でかい声出しゃ、みんなすくみ上がると思ったら大間違い。いまどんなに臆病者の面(つら)してるか、鏡で見てごらん」

「貴様ら――わしを誰だと思っておる？」

ギャルストンは地団駄を踏んだ。

「〈西部辺境区〉では知らぬ者のないギャルストン政治部長だぞ。他所(よそ)の〈辺境〉の人間だろうと、酒場女や町医者ごときをつぶすのは朝飯前だ。明日にでも医師免許を取り消してやろうか、ん？」

「先生」

ヘイゼルが腕を取って離れた席(シート)へ連れて行った。

「口だけだ。当人は何も出来ない」

少尉が慰めるようにジェニーに声をかけた。

「しかし、喉の傷がドクターの言うとおりの代物とも思えん。このまま、公爵と一緒に乗せて何事もないと保証は出来ん。どうしたものか」

今度の相手はDである。

「仕事をすればいい」

とDは言った。

「みな空を飛ぶ。落ちるわけにはいかん」

「おお、力を貸してくれるか？」

「おまえたちとは関係あるまい」

「やた！」

　マキが片手を突き上げた。

「〈辺境一〉のハンターが頑張ってくれるなら、もう安心ね。よかったわね、ママ？」

「はい」

　穏やかな安堵がこの場に広がった。

　だが、

「その子が危険の元凶だとわかった時点で処分する」

　Dのひと言は、一同を慄然(りつぜん)とさせた。唯一の賛同者たるギャルストンさえ、遠い席で凍りついたのである。

　医師が咳払いをひとつして、

「しかし、わからんことがある」

　と言った。

「何だね？」

　と少尉が、こちらも雰囲気を変えようと意気ごんで訊いた。

「これが公爵の仕業なら、彼には幽体離脱の能力があることになる。しかも、幽体が生きている人間に物理的な被害を加えられるようだ。なら、裁判にかけられる前に、この力を利用して逃亡するなどたやすかったろうに」

「いまでも出来るかも知れません」

　静かな声が、一同をふり向かせた。厄介な雇い主をシートに残して、美しき秘書へイゼル・スノウは優雅に一礼した。

「この旅は思ったより遙かに危険です。私がこんなことを言うのも余計なことですが、急ぐ旅でない方は、ここで次の便を待った方がよろしいかと存じます」

「いまでも出来るとは、どういう意味だね？」

　少尉である。

「公爵は柩にいながら、外で活動が可能です。それをしないのは、別の目的があるからでしょう。目的地へ到着してからか、或いはその前に。少尉、あなたの任務はひどく空しいものだと思います」

　少尉は否定しなかった。

「かも知れんな。貴族がその気になれば、人間など巨人の前の蟻と同じだ。だが、この蟻は猛毒を持っている。やすやすとは踏みつぶされんよ」

「とにかく、その餓鬼を何とかせい」

　ギャルストンの怒号がまたも空気を震わせた。

「いや、公爵とやらの柩もだ。少尉、二人ともこの空港へ置き去りにするがいい。わしは〈西部辺境区〉政治部長として、おまえに命令する」

「私への公爵輸送指令は、〈西部辺境区〉政治省、及び〈北部辺境区〉医学省から出ております」

「田舎のおっさんより強そうね」

マキが嫌味たっぷりに言った。

ギリギリと固いものをこすり合わせるような響きが上がった。ギャルストンが歯ぎしりしたのである。

「覚えておれ。このままでは済まさんぞ。この旅が終わり次第、貴様たち全員、まともには生きられないような目に遇わせてくれる」

「そんなことしなくてもいい方法を教えてあげるわよン」

マキは色っぽい仕草で政治部長を指さした。

「何じゃい？」

ジーニアス医師がにやりと笑った。けしかけたのである。

「んー、政治部長が次の便を待つのよー」

医師がのけぞって笑い、少尉はうつむいた。笑いをこらえたのである。兵士たちも同じだ。

「おのれ、貴様ら」

ギリギリと怪音を発する顔が、急にどす黒く変わった。巨軀がよろめいた。

「先生」

ヘイゼルが駆け寄って、シートへ連れて行く。雇い主の襟元をゆるめて、ショルダーバッグから無針注射器を取り出し、頸動脈へ射ちこんだ。すべて手慣れた動きであった。

「やだ、あのおっさん、高血圧よ。もう一遍怒らせたら、血管がどかん、よ。やっちゃおか」

「診たくもない患者を増やすな」

と医師が苦しげに言った。笑いを隠せないからだ。

「言葉が過ぎませんか、二人とも」

ヘイゼルが語気荒く詰めた。

「言動に問題はありますが、先生は〈西部辺境区〉になくてはならない御方です。ギャルストン・ダムをこしらえ、大雨と洪水の被害をなくし、〈最奥辺境区〉での発電を可能にしたのも、反対する全政治委員を押さえつけた先生ひとりのお力なのです。今度の会議では、〈全辺境区〉の存亡にかかわる決議事項がなされます。〈都〉から出席する委員は、〈辺境区〉など獣の巣窟、貴族の実験場としか見ていません。その中で、〈辺境区〉の主張を通せるのは、先生しかおりません。絶対に遅れるわけにはいかないことをご理解願います」

二人の反抗者が肩をすくめたとき、

「〈北部辺境区〉行きQ18は、十分後の搭乗になります」

壊れかかった機械の声が、待合室に響き渡った。

2

「結局、誰も残らずか」

離陸後二時間が経(た)っていた。

次の空港——シャルガンに到着するのは、さらに五時間を経(へ)てからだ。

「しかし、何もないとはいくまいな」

左手の声である。

全員、元のシートにいた。

「わからんのは、ハイランド公爵じゃ。幽体離脱して、男の子の血を吸っただけか。おまえがいるのもわかっただろうにのお。大人しくしてはいられなかった——だが、あまりにも成果の少ない行為だぞ」

「後で、あの子の傷を見て来い」

とDが言った。

「はン?」

「血を吸うことは、必ずしも人間にとって邪悪な行為とは限らん」

左手は押し黙り、それから、

「おい、あの坊主が――」

「幽体離脱はまだ続いている。奴はまだ地上にいるかも知れんぞ。幽体に距離は意味を持たん」

「――何のためにだ？」

「訊いてみろ」

「むむむ」


その深夜、空港から二十キロ南の農地で、町の飲み屋から帰った農夫が、奇妙なものを発見した。

空中へ向けられたミサイルと発射装置である。定期的に開かれる武器商人のバザーでも見たことのない新品の凄みよりも、周囲に倒れている三人の人間の方が、農夫を驚かした。虚空に眼を剝いてこと切れた見知らぬ男たちは、全員、喉を食いちぎられていたのである。

農夫が眼をそむけたその傷口からは、一滴の血も流れ出してはいなかった。

さらにそこから北西へ三十キロほどの地点で、これは翌日になってから、大口径レーザー砲と四人の男たちの死骸が、通りかかった農夫によって発見された。

近くには、兵器を積んで来たらしいトラックが停まっていた。男たち全員が喉笛を食い切られ、全身に一滴の血も残っていなかったことが、農夫を震え上がらせた。彼はすぐ、使用人や息子たちを呼んで、レーザーを農場へ運び、死体を埋めて、顔見知りの武器商人にこっそり売りつけることにした。


「よく眠っておるな」

アクアの寝顔を確認して、ジーニアス医師はシートへ戻った。マキが早速毒づいた。

「なーによ、一人前の医者面して。このどケチが」

「何を言うか。薬など使わずに治るなら、それに越したことはない。目下、状態は安定しておるのだ」

「そうでしょうよ、どっかのケチ医者の手にかかり損なったって、子供にもわかるのよ〰〰」

「どう思うかね?」

Dのそばに、ギスパレリ少尉が来た。

「あれだけ血に飢えていた子供が、いまはそんなこと忘れたように眠っている。そういう状態だと聞いてはいても、公爵の幻のことを考えると、尋常なケースとは思えないのだが」

「奴はどうしている?」

とDが訊いた。

「眠りっ放しだ」

「何をしでかしておるのやら」

少尉は別人を見るような眼でＤを凝視した。

「腹話術か？」

と尋ねる口調も、そんなこと信じてはいない。

「幽体離脱の状態が続いているのなら、公爵は世界をさまよっている。変化はないか？」

とＤ。

「いまのところは――」

「少尉殿」

年配の兵士が足早にやって来て、

「公爵に異常が」

切迫した声である。少尉は立ち上がって、Ｄの方を見た。

Ｄも立ち上がった。

「ありがたい」

少尉のひと言は、正直な心境であったろう。

貨物室へ入ると、四人の兵士が柩へ杭射ち銃を向けていた。どの顔も死相に近い。

「どうした、ゴルク？」

杭射ち銃を構えた、もうひとり若い兵士が、

「ご覧下さい」

と柩を示した。

柩は顔の部分がガラス張りになっていて、顔の確認が出来る。日中はカバーをつける。

覗きこんだ少尉の表情が変わった。

Dが続いた。

双眸が妖光を放った。

眠り続ける公爵の唇は、生々しい鮮血に彩られているのだった。

「これは……」

と呻いたのも束の間、

「全員、異常はないか?」

鋭い少尉の問いに、兵士は口々に、

「異常なし」

と告げた。

「すると、この血は――」

Dを見た。

「外だ」

と答えて、Dは静かに、

「眼醒めろ、公爵――でないと、何もわからぬまま、杭を射ちこまれるぞ」

兵士たちが眼を剝いた。叫び声が上がらなかったのは、恐怖のあまりであった。

公爵の眼が開いたのだ。その眼窩には血が詰まっていた――と見る間に、碧い眼に戻って、

「Dか？」

「そうだ」

「夢の中で会った。近頃はみなそうだが」

「何をした？」

Dは本題に入った。公爵の感慨には興味のかけらもない。

「邪魔者の始末だ。二組いた」

少尉は緊張した。Dは続けて、

「あの子はどうした？」

「しばらく放っておけ。そうしたらわかる」

それから、

「この旅は危険に満ちている。地上から空中から敵の襲撃は続くだろう」

「おまえ目当てでか？」

「他にあるかね？」

「狙っているのは誰だ？」

「敵が多くてな」

公爵の声は笑いを含んだ。

「拘引(こういん)された身だが、〈辺境〉随一のハンターと同道できるとは光栄だ。ひとつよろしく頼む」

柩の中の顔が、にんまりと笑った。

同時に、

「アクア——何処へ行くの⁉」

真っ先に少尉が客室の方を向いた。

戸口の兵士が小さな影に待ったをかけていた。背後からジェニーが駆け寄って腕を掴み、引き戻そうとしたが、少年は踏ん張った。

「どうしました？」

と少尉が訊いた。

「それが、いきなり走り出して——アクア、どうしたの？」

「夢を見たんだ」

はじめて耳にする、力に満ちた少年の声であった。含まれた力と張りと意志が、居合わせた全員を驚かせた。

「そこの人がいた」

指は柩を差していた。

「どんな夢だ？」

とＤが訊いた。

「それは――」

少年は急によろめいた。

「アクア⁉」

二度と声を発せず、少年は母の腕の中に崩れ落ちた。

呼ばれる前にジーニアス医師が駆けつけ、耳で心音を確かめ、瞳孔を調べた。

道具は一切使わない。〈辺境〉の医師独特の手法である。

「危険はない。興奮のし過ぎだな。寝かせておけば治る」

「手を貸してやれ」

少尉の指示で、兵士が少年を抱き上げ、シートに運んだ。

「何をした？」

Ｄが柩に訊いた。

「何も。見てのとおりだ」

公爵は平然たるものだ。

「それよりも――外に気をつけたまえ」

「前方に雲海」

タイミングを合わせたように、パイロットの声が鳴り響いた。

「シートへ戻ってベルトを締めろ。少尉――ひとり銃座へ上げろ」

「どうしたってのよ⁉」

マキが血相を変えた。

巨体が操縦室へ向かった。

「何事だ？」

とギャルストンが大声を張り上げた。ドアの外である。パイロットが応じた。

「ただの雲じゃなさそうです。避けようとしたら、向うも移動する。生きものとしたら、はじめて見る化物ですな」

「えーいいい、何たる旅だ」

彼は大股で通路の真ん中まで歩き、銃座の鉄梯子を下ろした。

ヘイゼルがあわてて駆け寄った。

「先生――何をなさるのです？」

「決まっとる。わしの行手を阻む邪魔者を、この手で排除するのだ」

「ですが――危険です」

「わしはいつもこうやって生きて来た。敵はすべてこの手で叩きつぶす。誰の手も借りん」

「ですが、それとこれとは」

「えーい、邪魔をするな」

「シーガー」

少尉に呼ばれた兵士が駆け寄って、政治部長の足に抱きつき、引き下ろした。

「邪魔をするな」

「スミライ」

もうひとりが駆けつけ、暴れる巨体をシートへ固定した。

貴様ら、ジョーダン委員の息がかかっておるな、と喚き散らすのへ一瞥を投げて、

「案外、善人かもな」

と少尉は苦笑した。

「銃座から下ろせ」

とDは言った。

「何？」

「機銃でどうなる相手じゃない。内部(なか)は任せたぞ」

黒い姿は、音もなく銃座へと消えた。

こちらを向く兵士へ、待機しろと命じて、少尉は飛行体内へ緊張の視線を行き渡らせた。

「突入〜〜〜」

パイロットの声は活き活きしているようである。

何を感じたのか、Dはすでに一刀を抜いていた。

稲妻が走った。近い。

「こりゃ、造りもンじゃぞ」

左手の声を雷鳴が断ち切った。

稲妻が飛行体に落ちた。

計器が火を噴き、パイロットが悲鳴を上げて操縦桿を操る。消火装置と飛行体安定装置は作動しているが、効果は気分程度だ。

「くそ、上がれ！」

左手が叫んだ。

Dは眼を閉じていた。

雲海の急所を捜していた。

「敵もおまえのことはわかっておる」

と左手が言った。風と雨の轟きが声を吹きとばした。

「すぐに接触して来る。厄介者は早く消すに限るでな」

紫の光が垂直にDへ落ちた。

五十万ボルトの高圧電流に、細胞が焼け崩れ、全身から煙が噴き上がった。

「うゲゲゲ……貴様……何者だ？」

　灼熱のせいか、ひどく嗄れた左手の声に、応答はあった。

「〈辺境〉一のハンターよ、何故この飛行体に乗った？　運命か？　なら、自らを怨むがよい。内部(なか)の者はみな、空の上で死ぬ」

「何者だ……ゲゲゲ」

「おれはギリラーナ男爵だ」

「ハイランドの……仲間ではないのか？……」

「そう見られているが、実は、な。奴をこのまま行かせては困る者たちがいる。おれは彼らを代表して、手を打ちに来たのだ」

「困る者とは……誰だ？……」

　新たな光のすじがDを捉えた。

「ぎょええ～～～っ」

　と喚いてから、嗄れ声が、

「わかったか？」

　と低く訊いた。

　返事は立ち上がったDである。肩と腕から火を噴いている。

「――貴様⁉　まさか、我が稲妻を食らって――」

こちらへの返事は、投擲(とうてき)された一刀であった。その身体を同時に新たな稲妻が貫いた。

Dの一刀は確かに、見えざる声の主を貫いたのである。急所を守るために稲妻を受けた――

左手の〝わかったか？〟はその確認であった。

絶叫が雷鳴に重なった。

「どうして――おれの急所が？　――貴様――何者だ⁉」

嗄れ声どころではない苦鳴が噴き上がった。

横風が叩きつけ、飛行体が大きく左へ傾く。

乗客の悲鳴が内部に反響した。

「おのれ～～～」

ただひとり、憎悪の呪詛を放ったものがいた。

荒れ狂う風の中で、嗄れ声が、

「急所を外したか？」

「浅かったかも知れんな」

Dの髪は黒煙を噴いていた。

「わわわわわ。手負いの熊は厄介じゃぞ」

飛行体は左へ流れ、その右斜め上方に、何か巨大な存在が感じられた。

右翼のエンジンが火を噴いた。電撃を食らったのだ。

「わわ、落ちるぞ」

巨大なものが近づいて来た。

「とどめを刺す気じゃぞ」

銃声が一線となって、それに吸いこまれた。

「おお⁉」

機銃座の二連装大口径機銃が放つ火線は、休みなく目標を捉えていた。

またも怨嗟の声が空中にどよもした。

「やったな、やりおったな——この怨み、必ず晴らしてくれる」

その声に追いやられたかのごとく、飛行体は右エンジンから猛烈な火花と黒煙とを吐き出しつつ、ぐんぐん高度を下げていった。

3

不時着地は、川の流れる谷間であった。

滑走路など無論ない。ガンスクェアQ18は谷間に突入後、谷の斜面を斜めに滑走して、谷底に着地してのけたのである。外板にダメージは受けたが、客はかすり傷ひとつ負わなかった。

奇蹟といってもいいパイロットの手腕は、しかし、客たちにはそれを讃える余裕などなかった。

0：15M。

夜明けまで五時間。

〈辺境〉の夜の大地は、空とは比較にならぬ危険が蠢いているのだった。

早速、パイロットが点検に移り、

「右のエンジンがイカレてるが、何とか修理は出来そうだ。ただし、三時間はかかる」

人々が絶望の声を洩らしたのは、この環境での三時間が、いかに過酷なものか知悉しているせいであった。

それに、エンジンは直っても、この谷間から飛び立つことは出来るのか？

さらに――Dがいなかった。

いつ落ちたのか知る者はいない。

少尉は負傷者の有無を確かめ、兵士たちを四名見張りに立たせた。確かに生き延びるための最大の試練は、三時間の間に忍び寄る〈辺境〉の妖物たちであった。

「三時間の辛抱です。皆さん、我慢して下さい」

と少尉は声を張り上げた。

反応は予想どおりだった。

「こんな谷底で三時間も保つかしら」

とマキがべそをかき、

「うーむ、微妙なところじゃの」

と医師が首を傾げる。

ジェニーはおろおろするばかりだ。

「よし、わかった」

相も変わらずなのは、ギャルストン氏であった。

「ここが頑張りどころだ。みな力を合わせて頑張ろう！　少尉、わしに出来ることがあれば何でも言ってくれ」

「私も」

とヘイゼルが右手を上げた。

柩についていた兵士が、苦笑を隠せぬ少尉を呼びに来たのは、このときであった。

「公爵が話がある、と」

柩内の公爵は眼を閉じたまま、

「厄介な状況だな」

と言った。

「周りには危い連中がぞろぞろ集まっているぞ」

「承知の上だ。武器も食料も十分だし、兵士も乗客も士気が高い。何も心配はいらん」

「貴族に生まれてこの方、心配などした覚えはない。危ないのは君たちだ」

「そんな気遣いは無用だ。眠っていろ」

「危険は生きものばかりではないぞ」

「おまえの口封じを狙う貴族どももいるか——安心して休め」

「なぜ、力を貸せと言わん？」

弄うような口調であった。少尉は柩を覗きこんで叫んだ。

「この程度の危機は、自分たちで切り抜けてみせる。犯罪者は黙っていろ」

「自己陶酔は勝手だが、乗客の生命はおまえたちの手腕にかかっている。守り通せると思うか」

「勿論だ」

「Dはもうおらんぞ」

「自分たちは、民間人もおまえも生きて目的地に届けてみせる。余計な口をはさむな」

「それでは、高みの見物といこう。必要とあれば、いつでも声をかけてくれ」

　それは、じわじわと包囲の網を狭めつつあった。

　音を聴くもの。匂いに敏感なもの。闇夜を見通すもの。そのどれもが共通して飢えていた。どれもが凶暴であった。

クワガタのような口から絶え間なく涎を垂らし、餌を獲る興奮を体液にして放出し、殺戮の歓喜を低い凶暴な唸りに乗せた。

だが、彼らが交われば、先に殺し合いがはじまる。同胞意識などない。自分以外はすべてが敵なのだ。

それを統べる意志が働いているのだった。

それは飛行体を見下ろす右側の崖の中腹で、事態を見下ろしていた。

「しくじったな、ギリラーナ。最初からおれに任せておけばよかったものを。このユン・リー大公にな」

右眼には黒い眼帯が当てられていた。隻眼なのである。風が銀髪をはためかせた。

「夜明けまでに片はつけてやる。人間どもは貴族に、ハイランド公爵めは我れユン・リー大公に震え上がれ」


兵士ゴルクは、二十五になったばかりの志願兵であった。〈西部辺境区〉の軍隊は徴兵制である。二十二の歳に丸一年軍務に就く。

ゴルクには志願兵たる自負がなかった。軍隊に入ったのは、最も簡単な衣食住の保証先だったからである。富農ならともかく、狭い畑を耕す小作農の五男は、別に働き口を見つける他はない。教育もない体力だけの若者にとって、軍隊は魅力的な職場であった。

だからといって、〈辺境区〉の政府に忠誠心など無縁もいいところだ。食うための職場には、生命を捨てる価値などなかった。

いまも頭の中に煮つまっているのは、いつ逃げ出そうか——その一事であった。

ふと、彼は足下を見た。

飛行体の周囲には、夜間照明が立てられ、彼の影も地面に灼きついている。

前方の地面を黒いものが滑って来た。

どう見ても影だ。だが、それを映すべき実体は、それこそ影も形もない。

ゴルクの影に触れあった刹那、それは消滅した。

「何だ、こいつは？」

彼は火薬長銃を下方に向け、長い銃剣で思い切り自分の影を刺した。その瞬間、一滴の血の流出もなく、彼は即死した。銃剣は彼の影の心臓を貫いていたのである。

スミライは軍歴一年にも満たない徴兵だった。実家は床屋で、彼は父の跡を継いで一生を終わるだろうと思っていた。軍の生活は、出動回数も多いが、生命を懸けるほどの戦闘はなく、一年はすぐに終わるような気がした。

彼は前方の繁みが気に入らなかった。昔、悪童仲間に捕まり、同じような繁みの木につながれてひと晩送ったことがある。虫や蛇が身体中を這い、気が狂いそうな目に遇った。

前の繁みにも何かがいる。最初からそう感じていた。

だから、細い木立ちの下から、こちらへ黒い影が滑って来たときも、あまり驚かずに済んだ。

「やっと来やがったか」

こう言って、彼は火薬長銃を肩づけし、十メートルの足下に迫ったそいつの顔面をポイントした。


ノバデの出身は〈都〉だった。いま彼を見て、ナークハラ家の息子だといって信じる者はない。〈辺境区〉へ流れて来た理由は、博打と女であった。

大学生のうちに、連日酒を飲み、賭場に出入りし、近づいて来る女たちの相手をして、気がつくと勘当を食らっていた。教科書の代わりに部屋に積み上げられていたのは、伝説や迷信に関する本だ。

軍隊に入ったのは、募集していたからだとしか言いようがない。それまでと等しく、流されただけのことである。いつまでもいるつもりはなかったが。出る契機(きつかけ)も摑めぬまま十年が過ぎた。

今度は危(やば)い、と彼は思っていた。無事に不時着できたのは僥倖(ぎようこう)にすぎない。死は王手をかけたまま、彼を見つめているのだった。

——何でも来い。相手になってやる

彼は足下の小石を川の方へ蹴った。

角度が悪かったのか、それはほぼ垂直に上がって、彼から一メートルも離れていない地面に落ちた。

「ん？」

石の下に影があった。それは彼めがけて走り寄って来た。

昔読んだ本の一節が閃いた。

影となって人間を支配する妖物の話だった。

――こいつだ⁉

ノバデは夢中で銃剣を突き刺した。


ジョーゲンの家は代々軍人であった。父は〈辺境軍〉中佐、祖父は少将である。幼児期から幼年兵養成スクールで教育を受け、士官候補生となるべく育てられた。彼はしかし、エリート・コースを拒否して、成年を迎えるや、通常の志願兵のひとりとなって、父を激怒させた。

二十五歳のいまは曹長だが、少尉への昇進も間近と誰もが太鼓判を押している。ギスパレリ少尉も、

「おれの地位を脅やかすつもりか？」

と笑いながら凄み、ジョーゲン曹長の行手は順風満帆と思われた。

不時着してすぐに、彼は民間人の無事を確かめるや、脱出法を模索した。

警戒体制に就いたいまもそうであった。結論はもう出ていた。後はそれを実行に移す手立てだった。

その足下に、影が迫っていた。

「これだ！」

と発見した、脱出法にうなずいたとき、

「曹長殿！」

尾翼左側にいたノバデの叫びが、彼をふり向かせた。

「おかしな影が近づいて来ます。よくわかりませんが、危険です！」

ほとんど同時に、主翼右側のスミライがついたあたりで、銃声が上がった。

「おれが行く。持ち場を離れるな！」

ジョーゲンは機首を廻った。

スミライが立っている。

ジョーゲンを見てにやりと笑った。

彼はスミライの下に駆けつけ、

「どうした⁉」

どやしつけるように訊いた。

「影が迫って来ました。それで一発」

「命中したか？」

「はっ、消えてしまいました」

ジョーゲンの唇が歪んだが、スミライは気づかない。

「よし、警戒を続けろ。おれは報告して来る」

「はっ」

と応じたその背後へ廻るや、ジョーゲンは部下の心臓に銃剣を突き刺し、即死させた。

その身体を放り出したとき、背後で、

「動くな！」

ノバデの声である。気になって見に来たらしい。長銃を上官に向け、

「なぜ、スミライを殺した？」

「見たな」

ジョーゲンはつぶやいた。

「どうした？」

尾翼の方でゴルクの声がした。長銃を構えて走り寄って来るのへ、ノバデが叫んだ。

「曹長がスミライを刺殺した。早く少尉へ」

「わかった」

言うなり、ゴルクは長銃の引金を引いた。弾丸はノバデの顔面を粉砕して、後頭部から抜けた。

飛行体のドアの向うから、

「誰がいる⁉　どうした⁉」

少尉の誰何が聞こえた。

「スミライとノバデが何者かに取り憑かれたので、射殺しました」

「いま行く」

ドアが開き、ギスパレリ少尉がタラップも下ろさずとび下りて来た。

その後から、

「どうしたの？」

マキとジーニアス医師が顔を出した。

「中にいなさい！」

少尉に命じられ、

「なーによ」

「ふむ」

と引っこんだところで、少尉は倒れた二人の傷口をチェックしはじめた。

「射ったのは誰だ？」

「自分であります」

とゴルクが胸を張る。

「何処から射った？　銃声からして、かなり離れていたな」

「はっ、その――機体の真ん中あたりから」

「ジョーゲン、こいつを逮捕しろ」

ギスパレリの右手に火薬銃が光った。

「は？」

「おまえも知っているだろう。ゴルクの射撃は小隊一下手だ。あの距離から二発射ち、両方とも顔面をきれいに射ち抜いている。憑かれているのは、こいつだ」

はっ、と応じて長銃を構えるジョーゲンへ、ゴルクがとびかかった。

その背中から火線が噴出し、彼は二メートルも吹っとんでおとなしくなった。

「見張りを続けろ」

「はっ」

と答えてジョーゲンはよろめいた。

「どうした？」

「ゴルクの奴め、銃剣で自分の脇腹を」

押さえた左手の下に、明らかに血の染みが広がっていく。

「中で手当てをしろ。ビーマンとカルロスを寄越せ」

「はっ」

ジョーゲンは飛行体内に戻って、二人の兵士と交代した。

この兵士が、影に憑かれた敵対分子と誰が知ろう。その目的は無論、公爵の暗殺に違いない。

第三章　公爵の部下

1

ジョーゲンは二人に替わって、貨物室へ入った。まだクーリンとバルビが残っている。薬函の担当はバルビだ。

「浅傷だ。自分で手当てする」

と薬函を受け取って、消毒液とホッチキスを取り出す。

「悪いが、出てってくれ。おれが出てってもいいが、向うではやりにくいんだ」

「あいよ」

二人は怪しみもせず、去った。

薬函を置いて、ジョーゲンは長銃から銃剣を外した。

逆手にかざして柩に歩み寄る。

「ユン・リーの手の者か?」

いきなり浴びせられた。ぎょっと立ち止まったところへ、

「ハイランド公爵に夜、牙を剝くか。世の中というものを知らぬ奴」

「あなたはいま、外へは出られん。眼が醒めている以上、幽体離脱も叶うまい。すなわち、死を待つ身だ」

「そこまで知っていてわからぬか。いや、そもそも知っておるか、もうひとりのおれの力を?」

その声と内容が、ジョーゲンに刃をふりかぶらせたのかも知れない。

ドアが開いた。

そちらをふり返る前に、火薬銃が鳴った。

後方の壁まで吹っとんでから、ずるずると滑ったジョーゲンの心臓には、一弾が射ちこまれていた。少しして、小さな護身用火薬銃を眺めながら、

「どうしよう。射ち殺しちゃったわよ、あたし」

とマキが震え、

「やむを得ん。わしも殺人を黙認した」

ジーニアス医師が抑揚のない声でつぶやいた。

「ま、様子がおかしかったとしておこう」

出て行ったクーリンとバルビがとんで来て、問い質しても、医師は同じ主張を繰り返した。

「しかし――我々でさえ気がつかなかったのですよ」

「それは人間としての出来の差だ」

「いや、しかし――」

「うるさい」

医師はいきなり、クーリンの長銃をひったくった。構えて銃口を廻した。

「――何を⁉」

銃声は床にめりこんだ。

ジョーゲンの影が痙攣するのを、二人の兵士は見た。

「憑いたものが落ちた」

医師が小さく言って、祈りの言葉を口ずさみはじめた。

不意に揺れが来た。

何かがぶつかったのである。石ではない。生物だ。

銃声が轟いた。

「やだあ」

マキが床に伏せ、ジェニーがアクアを抱きしめた。

手投げ弾の爆発音が続けざまに飛行体を叩いた。

谷底のあらゆる妖物がやって来たように見えた。

蜘蛛、蛇、蜥蜴、大亀、獣、大蛸——巨大なハサミがふり廻され、吸盤付きの触手がのたうち、十文字に裂けた口と牙ががちがちと鳴る。

銃火が浴びせられ、次々に倒れていくのをみると、生物的限界はさして高くないらしい。

手投げ弾の威力は圧倒的だった。巨大な装甲生物の鎧もぶち割り、宙に躍らせてしまう。

「いいぞ！　射ち続けろ！」

少尉はこのとき、勝利を確信していた。

灼熱の痛覚がその右背中から肺まで貫いた。

苦鳴を洩らしながら、思い切り身体を廻して、背後の刺客をはねとばした。

「ゴルク⁉」

長銃を構えた死者の頭部へ、かたわらのビーマンが火薬銃を射ちこんだ。

ゴルクはにやりと笑った。柘榴のように砕けた顔で笑ったのである。

少尉がその影へ一発射ちこむと、人形のように倒れた。

少尉は咳きこんだ。胸の下から熱いものがこみ上げ、思い切り吐いた。血塊であった。

「パイロット——離陸の準備はどうだ！」

「駄目だね」

あっさり返って来た。

「機体は良くても、足場がいかん。川の中から上がらなくちゃならねえんだ。無理したら脚が折れちまう！」

「怪我してるわよ、先生」

マキが指さし、ジーニアス医師が駆け寄った。

「中へ入れ」

「そうはいかん。大した傷じゃあない。ここで治療して下さい」

「重傷だ、重傷」

「大丈夫です」

と言うなり、少尉は出入口にもたれた。

「手伝え」

マキとジェニーの力を借りて引っ張り上げて、床に寝かした。

「肺まで刺されておるな。おい、薬函はあるか⁉」

貨物室に声をかけると、バルビが運んで来た。

治療をはじめた医師に、

「どうですか？」

「絶対安静じゃ。しばらくは声も出せんぞ」

バルビは絶望的な表情になった。

「誰が指揮を執るのですか？　ジョーゲン曹長は死にました。後はみな二等兵です」

「なら、わしが執ってやる」

いままで我慢に我慢を重ねていたものが、一気にぶちまけられたような怒号であった。仁王立ちになったギャルストン政治部長のかたわらに、ヘイゼルが立っていた。

「ちょっと」

「おい」

あわてるマキと医師になど眼もくれず、巨軀は少尉に近づき、火薬銃を奪い取るや、ヘイゼルのお待ち下さいにも知らん顔でとび出した。

「ギスパレリ少尉が回復するまで、このギャルストン・ヘイズが指揮を執る。射ちまくれ」

「いいの？」

顔中を歪めるマキへ、ヘイゼルが誇らしげに、

「誰も知りませんが、先生は現役の兵士なのです。四年前に大佐になって、軍を離れましたが手続きを取っておりません」

「何たるこっちゃ。こりゃ、早いとこ回復してもらわんとな」

苦しげに呻く医師の下で、

「バルビ——みんなに伝えろ。指揮官は……ギャルストン大佐だ——」

こう告げて、少尉は意識を失った。

「なかなかやるな」

崖の中腹で、銀髪の貴族が面白そうに眼下の闘争を見下ろした。

「星を読んでもおれの勝ちだ。しかし、時間がかかりそうだな」

飛行体の外の人数は少ないが、その攻撃力はすさまじい。渡ることも出来ずに妖物たちは屍を重ねていく。

「指揮官らしいのを仕留めたと思ったら、おかしな奴が出て来よった。さ、早いところ片づけい」

妖物たちが突進した。

「来たぞ——どうします？」

ビーマンがおろおろ声で新しい指揮官に訊いた。ギャルストンはためらいもせず、

「〝真紅の絨毯〟だ」

「あ、あれは——こんな距離で使ったら、こっちまで巻き添えを食らいます」

「えーい、死ぬのが怖ければ、さっさと飛行体に乗れ。後は任せておけ」

「で、ですが——」

「うるさい。責任は〈西部辺境軍〉のギャルストン・ヘイズ大佐が取る。さっさと寄越さんか！」

大佐という証拠は何もないが、その名に聞き覚えはあった。何よりも凄まじい威圧感がビーマンを圧倒した。彼は腰の後ろにつけていた太い円筒を外して手渡した。

妖物の波はすでに川の半ばに達していた。濡れた鉤爪や剛毛だらけの手足、きしむ牙やハサミが月光にきらめいた。

安全リングを引き抜いた。

「全員で投げるぞ――3」

構えた。

「――2」

「――1」

円筒はほとんど地面と平行な軌跡を描きつつ、妖物たちの中に吸いこまれた。

「伏せろ!」

真紅の光が妖物を包んだ。

三人で四本。

炎は三百六十度をカバーし、一万度の超高熱ですべてを焼き尽した。焼却範囲は長方形を構成し、〝真紅の絨毯〟の通称はそれゆえであった。

伏せた姿勢から顔だけを上げて、ギャルストンは地面を激しく殴打した。

「はっはっはあ。やったぞ、やったやった。奴ら丸焼きだあ。はっはっはあ。ざまあみろ。化物が人間様に逆らった罰だ」

　歓喜の叫びは、容赦なく谷間の川音を圧して、虚空に轟いた。

「小賢しさが目障りになって来よったな」

　ユン・リーの眼帯に炎が映えた。

「遊び半分で片づくかと思ったが、こうなれば、我々の実力行使しかあるまい――聖メゴアに聖イブラン」

　闇の中で、ここにと同時に聞こえた。

「遊びは終わりだ。ハイランド公爵を始末せい」

　返事は低く、気配が消えた。


　飛行体に戻っても、ギャルストン大佐殿の笑いは止まらなかった。誇示ではなく、本気で嬉しいのだ。

　谷間の生物など彼にとっては化物でしかない。それを焼き殺して何が悪い――というより、この男は相手が何にせよ誰にせよ、戦いに勝てば歓喜漬けになるのだった。根っからの喧嘩屋なのである。

「さあ、邪魔者は始末したぞ。パイロット、後はおまえの役だ。さっさと飛行体を飛ばせ」

「だから、無理だって」

「何が無理だ。人間、精神一到何事かならざらんだ。おまえに欠けているのは、気迫と根性だ」

「はいはい。けど、それは飛行体に言ってくれませんか？」

「よし」

「え？」

ギャルストンは通路の真ん中に仁王立ちになり、天を仰いで叫んだ。

「天翔るものよ、聞け」

まさか本気でやらかすとは思わず、呆然と見つめる人々の視線に気を良くしたか、ギャルストンはさらに拳をふり上げ、顔中を口にして喚いた。

「おまえには、わしらを目的地まで無事送り届ける使命がある。機械だ、無機物だなどと言い逃れは許さん。この飛行に関わった以上――」


凄まじい死臭と熱気の中を、音もなく進んで来る二つの影があった。

短槍を手に、装甲服を着けた彼らの両眼は紅く燃え、唇からは牙がのぞいていた。

「すぐに入るぞ」

左側の影が言った。

「承知」

「人間どもには構うな。皆殺しはハイランドを始末してからだ」

「承知」

短槍がひとふり――風が鳴った。

それが消える前に、虚空からひとつの――闇よりも濃く美しい影が、二人の前に忽然と降り立ったのである。

「何者だ？」

声を合わせて訊いた。

2

「――D⁉」

出入口を抜けた世にも美しい若者を見て、みなの口から出たひと言はこれであった。

「一体――何処に？」

こう尋ねたマキは、飛行体から落下した彼が、谷間から十キロ南の森の中へ落ちたことを知らない。そして、木の枝で心臓を貫かれ、左手の〝治療〟で復活したのが数分前であったことも、近くを流れる川の上流に上がった炎で、彼らの居場所に気づいたことも知らない。

「どうやって戻った？」

呆れ顔のジーニアス医師は、Dが森へ戻り、無数の木立ちの中から〝バネの木〟を探り出し、その幹の頂きに不可視に近い糸をつけて思い切り引っ張り、一種の〝打ち上げ台〟を作り上げたことを知らない。自ら幹に乗り、糸を断って、十キロの距離を飛行して来たことを知らない。

「いざというときに物の役に立たん男だな」

こう言い放ったギャルストンは、ユン・リーの刺客の前に着地したDが、いかなる死闘を展開したかを知らない。二人組の短槍が自在に長さを変え、それを操る手は、あり得ない位置と角度から短槍を出現させてDの頰を切り、鳩尾(みぞおち)を貫いたことを知らない。そして、頰の血が口へ流れこんだDが、信じ難い力を発揮して片方の両脚を断ち、短槍を奪って二人の心臓を串刺しにしたことも知らない。

内部を見廻し、Dは横たわるギスパレリ少尉を認めた。

「どうした？」

「肺を刺されたのだ——今夜が山だな」

とジーニアス医師。

Dは近づいて、包帯の上に左手を乗せた。

「いかんなあ」

嗄れ声が全員を驚かせた。

「おまえなら一分で全快だが、人間はそういかん。そこのヤブ医者の見立てどおり、夜明けまでが山じゃろう。絶対安静だ」

Dは立ち上がって、貨物室へと向かった。

彼が来ただけで、二人の見張りは出て行った。

「無事だったらしいな」

声をかけると、公爵は、

「余計な真似を」

と返した。

「あの二人――いい運動相手になったものを」

「出歩いたな」

とD。

「左様。退屈だったものでな。しかし、ここへ落ちる前だ」

「下僕をこしらえたか？」

「さて、それは。――そう思うなら、捜してみるがいい」

声には挑発が乗っていた。

「ところで、敵はギリラーナか、ユン・リーか？」

「両方だ」

「やれやれ。男爵と大公風情がいい気になりおって、このハイランド公爵に逆らうか」

「矢面に立つのは人間だ。四苦八苦しておるぞ」

と左手が言った。

「おお、噂に聞く寄生物とはそれか。お初にお目にかかる。ビクター・ハイランド公爵だ」

「好きなように呼んでくれ」

「お名乗りいただいて恐縮だ。いいコンビと聞いておる」

「ほっほっほ」

「まだ来るぞ」

とDは言った。

公爵の声は、はっきりと苦笑を表わし、

「おれを斃(たお)すまでは攻撃の手をゆるめまい」

すかさず左手が、

「ひとつわからんことがある——なぜ、捕らえられた？　おまえなら、人間の追手など小指の先で一蹴したじゃろう。それに、いま逃げるのも簡単なはずじゃ」

「面倒でな」

「何がじゃ？」

「何もかもだ。〈ご神祖〉は人使いが荒い方であった」

「ほお」

「あの方のプロジェクトに参加するよう命じられたとき、おれは貴族も疲れを感じると知った。おまえならわかるだろう、Dよ」

「飽きたのか？」

とD。

「そういうことになるか。あの方の夢に、我々下々の者がついていくのは難しい。それに、活動中に、色々と知らなくてもよいことを知ってしまった」

「ほおほおほお」

左手が感心し切った声を上げた。

「するとあれか。おまえはすべてが空しくなって、その身を人間の裁きにゆだねることにしたと？」

「好きなようにかんぐるがいい。いったんこうと決めたら、おれは邪魔者を許さん」

Dは公爵を見つめた。

「ハイランド公爵の下僕は、分子構造のチェックを行っても、血の匂いをかがせてもわからないという。だが、他の貴族とは異なり、下僕イコール〈半貴族〉や〈なり損ない〉とは違うと聞くが」

公爵の返事は溜息であった。

「だから、公爵の領地には、人間たちの反乱が起こらなかったという。〈神祖〉の〝試み〟に加担するまではな」

「Dよ」

公爵が呼びかけた。

「〈ご神祖〉の〝試み〟に加わっているある日、おれは妙な夢を見た。真っ赤な血の川の中を、何処までも流れていく様だ。その先に何かがあった。不気味で怖ろしいものであった。おれは逃れようともがいたが、どうにもならなかった。自分のせいだ――それはわかった。いま手がけている〝試み〟のせいだ。その結果、おれは地獄へ向かおうとしている。

ついにそのときが来た。

一瞬、おれは光に包まれていた。灼熱の感覚が骨の髄まで届いた。焼け爛れる！　だが、たちまちそれは失われた。

夜の闇と等しい安らかな光の中を、おれは漂っていた。いや、おれだけではなかった。無数の貴族や下僕たちがそこにいた。みな、その身を光に委ね、いつまでも何処までもそこに浸っていられる幸せに酔い痴れているようだった。

だが、おれは不安を感じた。

これはいつわりだ。おれたちは光の中では生きられぬ。それゆえの貴族なのだ。いつわりに身も心も溺れさせる。それもよかろう。だが、おれには出来なかった。貴族は貴族たる運命からは逃れられぬ。だから、おれはそれ以上の心地よい浮遊を拒否した。否と。光は消えた。おれは暗黒の中を何処までも落ちていった。

だが、Dよ。皮肉なものではないか。貴族は人間にはなれぬ。しかし、人間は血さえ吸われれば、たやすく我らの同類になることが出来るのだ。不老不死を得、それは血の飽食にふける限り失われることはない。そして、その変身を嘆く奴らは、ほとんどおらぬ。Dよ、我らが人間に変わるということは、それを凌ぐ、或いは同等の価値を有するものなのか？　我々は光に憧れているのか？　光は我々を拒否し続けるだろう」

「暗黒の底は何処だ？」

「わからぬ。眼が醒めても覚えてはいなかった」

「不老不死が種の繁栄を意味するとは限らん」

Dは静かに言った。貴族相手とは思えぬ口調であった。

「貴族にも滅びは来るのかも知れん。そして〈神祖〉は――」

「Dよ、ひとつ訊かせてくれ」

公爵は最後の頼みのような声で言った。

「おまえだけが――可能性なのか？」

Dは扉の方を向いた。

人影が立っていた。

マキ、ジーニアス、ジェニーとアクア、ギャルストンとヘイゼル、兵士たち。

Dと視線が合うと、マキが言い訳でもするように、

「夢んところから聞いちゃった。貴族にも色々あるのね」

声も表情もひどく疲れている風に見えた。

何も言わず、Dは兵士たちに戻れと顎をしゃくり、客室へと出て行った。

「ちょっくら、出てみる。誰か護衛についてくれ」

とパイロットが出て来たのは、全員が席についてからである。

兵士が立ち上がる前に、Dが立った。

「こりゃ頼もしい。〈辺境〉一のハンターがガードとはな。死ぬまで話して聞かせるぜ」

「……いかん」

Dを上廻る嗄れ声が、最後尾のシートからやって来た。横になったギスパレリ少尉であった。

熱のせいで赤ら顔の上体を起こし、

「……護衛は……我々が受け持つ……民間人は……」

「敵はまだ闇に身を潜めているぞ」

とジーニアスが言った。マキが肩を持った。

「そうよ。責任感はいいけど、部下を無駄死にさせてもいいの？」

「Dが戻って来た……そうしたら……みな……こうだ……すぐ彼に……頼ろうとする……自分

も、そうだ……けじめはつけ……なくては……いかん。D……ここは引いてくれ」

言い終えて、少尉は倒れた。呼吸が荒い。

また起き上がったとき、みな眼を見張った。彼は自分が行くつもりなのだ。

「休ませろ、ドクター」

Dが言った。立ち尽す兵士へ、

「ドクターと上官を見ていろ。おれは散歩に出る。邪魔をするな」

ひと言をかける暇も与えず、Dは外へ出た。

空気にはまだ、焼死体の匂いが濃厚に漂っていた。黒焦げの中で蠢くものがあった。

すぐにパイロットが来た。Dがいるとはいえ、いい度胸をしている。

「夜明けに飛べるか？」

Dが訊いた。

「いやあ、この状態では」

難しい顔をしてから、

「――この川の幅が飛行体の幅と同じならなあ」

「同じじゃ」

「え？」

「川幅六・七二メートル。飛行体の幅は六・七メートル。文句があるか？」

「い、いや」

嗄れ声の恫喝にパイロットは逆らえない。

「どう飛ばす？」

今度はDの声である。ほっとした。彼は流れに手を入れて、よしとうなずいた。

「脚にフロートをつけて、水に浮かせる。それで一発だ。フロートは内部にあるし、川の深さも問題ねえ」

「滑走距離は？」

「大丈夫だ。五百もあれば何とか引っ張れる。上から見たら、川の距離は十分だ」

「深さが一定とは限らんぞ」

とD。

「その辺は任せてくれ」

パイロットは胸を叩き、咳きこんだ。強すぎたらしい。

「任せよう」

とDは言った。

飛行体を指さし、

「入れ」

何かある、と察したパイロットは、大急ぎで従った。

Dは流れを見ていた。

そこから人間の頭が浮かび上がり、肩、胴、腰と続いたのである。足首まで上がっても、水は一滴もしたたって来なかった。

「Dか？」

と隻眼、銀髪の貴族は訊いた。

「おれはユン・リー大公だ。大事なガードをよくも二人片づけてくれた」

「礼はいらんよ」

嗄れ声が笑った。

ユン・リーは表情も変えず、

「おれの目的はハイランド公爵だ。だが、おまえも生かしては帰さん。あの飛行体ごとここで塵となってもらおう」

その身体が揺れた。

細い白木の針が喉と心臓から生えていた。言うまでもない。大公の言葉をDは宣戦布告とみなしたのだ。

よろめく身体へ向かって走った。足は水しぶきをたてなかった。

大公が右手を上げた。

Dの喉と左胸を貫いたのは、大公に打ち込んだ針であった。

うす笑いを浮かべた大公の表情が変わった。Ｄの疾走は止まらず、彼の前方で跳躍するや、眼前へ着地と同時に、ずん、と頭頂から斜めに心の臓まで斬りこんだのである。

苦痛に歪んだ顔が、しかしたちまちにんまりと笑った。

「貴族が怖れる流れ水から、おれは現われた。貴族の急所をおれは持っておらん」

すなわち、心臓への杭も無効とする、と。

刀身を引き抜きざま、Ｄは大公の首を薙いだ。

首は舞い上がった。

左手でそれを摑み、大公はもとの位置につけた。

「無駄だ」

と言ったのは、向う側を向いた顔で、Ｄを見ているのは後頭部だった。

3

「やるのお」

左手が唸った。

「これでは斃せんぞ。交渉の要ありじゃ——ぎぇっ⁉」

思い切り握った左の拳をＤはすぐに開いた。

「次はおれの番か」

ユン・リーの身体に、風を巻いて殺気が吸いこまれた。それがいつ、どのようなものに変わって吹きつけるのか。

風が二人を叩いた。

Dは腰まで水に浸かっている。その水位が急に上がって来たのである。

水量が増えたのか？　いや、流れは変わらない。

「〝水の子〟ら」

と大公は言った。その口から、たらたらと黒いすじが流れ、顎先から水へとしたたり落ちた。血だ。大公が唇を嚙み切った血だ。それは幾つもの塊になり、水流に流されもせずに漂って、すうとDめがけて寄って来た。

塊には手があった。それは白刃を摑んでいた。

真正面から流れ寄った〝水の子〟を、閃光のひと太刀が頭頂を割った。それは痙攣し、血の流れとなって遠ざかった。

「ほお、ダンピールといえど、水の中では人間よりも動きが鈍くなると聞いたが、驚いた。〈辺境〉一の名は伊達ではないな。だが、これはどうだ？」

血の塊は四方に分かれるや、一斉に流れ寄って来た。ふたたび閃くか、Dの一刀。だが、このとき、彼の身体は首まで水に沈んでいた。

〝水の子〟の名前どおり、血塊どもは流れの影響を受けず、Dのみが凄まじい水圧に耐えて、立ち位置を保持していた。

敵は悠々とその周囲を辿りはじめた。水はDを呑みこんだ。

水中で彼は一斉に接近する血塊どもを見た。

刀身が閃いた。

水中といえどDはD。前後左右から襲った水妖どもは、たちまち引き裂かれ、分解して流れ去ったが、背後のひとつがDの背に刃を突き立てた。

水中に新たな血のオブジェが生まれた。

突きの一刀で血塊を貫き、Dは上昇に移った。水面は遙か頭上にあった。

おびただしい血塊が近づいて来た。

いかにDといえど、流れ水を弱点とする貴族の血からは免れ得ない。新たな戦いは明らかに不利であった。

だが、その距離が数メートルに縮まったとき、水妖は分解した。

同時にDは流れの中に立ち、前方でユン・リー大公はよろめいた。

その頭部は上半分が消失し、右腕は肩から射ちとばされていた。

――水音を銃声が打ち砕いた。飛行体の上部銃座から発射された大口径機銃弾の嵐が、大公を肉塊に変えた。

風防を開いたのか、凄まじい蛮声と笑い声がここまで聞こえた。

「ざまをみろ、糞(くそ)貴族め。人間の熱い鉛の塊で八つ裂きになるがいい！　はーっはっはっは」

こんな叫びを放つのは、ひとりしかいない。銃把(グリップ)を握りしめ、ギャルストン政治部長は歓喜に身を灼いていた。

「くたばれ、とどめだ！」

銃火はふたたび走った。

見事！　一発も水中に没せず、弾丸はすべて大公の残りに集中した。

胴が弾け、腰がとび散り、腕は吹っとんだ。

二本の足だけが流れに立っていた。そこへ狙いをつけて、ギャルストンは舌舐めずりをし――眼を剝いた。

二歩足の残骸は、大公と化しているではないか。

その顔は水のごとく眼鼻が存在せず、しかし、何やら流れると、大公の顔となった。

「邪魔が入ったの、Ｄよ」

まだ糸を引く唇が言った。

「勝負は後日――また会おう」

次の瞬間、彼は形を失い、自身が水と化して流れに崩れ落ちた。

「あれは幻水か。腰までしか濡れておらん。しかし――」

左手はDの背に触れて、

「傷は本物じゃ」

手の平は赤く染まっていた。

「だが、何のこれしき。おまえなら自然治癒じゃろう」


戻ったDを、敬意の眼差しが迎えた。

対して、彼は一刀を外し、もとの席について眼を閉じた。

「少尉はどうした？」

と尋ねたのは左手であった。

「まだまだだ」

とジーニアス医師が答えた。

「あと二時間——それまでが勝負だな」

「おい——何か忘れとらんか？」

ギャルストンが大声を上げた。

「助かった」

と左手は返した。

「当然だ。わしがダダダとやらなかったら、おまえはどうなっていたかわからんのだ。ひとつ貸しだぞ、忘れるな」

胸を張った。こういう男でなければ、政治などできやしないのだ。

「さあ、みんな、夜明けまで眠れーっ」


空気が青味を帯びてすぐ、パイロットは兵士の力を借りて、フロートを組み立てはじめた。

一時間かかったが、何とかなった。それを車輪に装着し終えた頃には、朝の光が谷間に闇色以外の色彩を与えていた。

少尉は高熱にうなされていたが、ジーニアス医師は、離陸は負担にならないと断言した。

「本当？」

疑惑だらけの表情で訊くマキへ、

「この容態なら、飛行体が爆発してもわかりゃせんよ」

「サイテー」

と罵ったものの、ジーニアスの治療の見事さには、全員が舌を巻いていた。マキは続けて、

「上手く飛べるかしらねえ。あたし、時間どおりに目的地の店へ行かないとオーディションに遅れちゃうんだ。でっかい劇場（オデオン）でね。いままででいちばん収入（みいり）がいいんだ」

「家族への仕送りも出来るしの」

不思議と優しい口調だった。マキはＤの左手あたりを睨みつけた。

「何よ、それ？　あたしに家族なんかいないわよ。お給料貰ったら、〈都〉のお店で宝石とドレスを買うんだ。少しはいい思いしなくちゃね」

「さっき、眠っておったとき、ママ、ママと言っとったぞ。トーマとは誰だ？　亭主か？」

「子供よ！」

叫んでから口を押さえた。

酒場女は実年齢を決して口にしない。化粧で若作りに見せても、若い娘が入ってくれば、容赦なく放り出されるからだ。だが、隙は幾らもある。家族からの手紙、昔の知り合いだった客、そして――

まずい、とそっぽを向いたマキへ、

「大丈夫――誰にもしゃべったりしませんわ」

ヘイゼルが明るく言った。

「ふん」

マキは鼻で笑った。

「あんたみたいな見てくれは立派な女がいちばん危いのよ。腹の底じゃあ、あたしみたいなタイプを莫迦にしてるくせに――ん？」

マキは膝に乗せた右手を見た。細い手がそっと置かれたのだ。

もうひとりの母親――ジェニーであった。

「何よ？」

　唇をとんがらせる先で、ジェニーはかぶりをふった。

「きっと可愛いお子さんなのね。そして、強くて優しいお母さんなんでしょう」

　マキは歯を剝いた。

「余計なお世話よ。あたしには子供も母親もいないわよ。仕送りなんてしてないんだからね。そこのヤブ医者、何笑ってんのよ。きれいな服着た姐ちゃんも同じよ。そんな眼であたしを見ないで頂戴！」

「わかった」

　とギャルストンが言った。

「あんたの言うとおりだ。我々はあんたの事情は何もわからん。そこでだ」

　立ち上がり、マキのところまで来て、純金の名刺入れから一枚抜いて、手渡した。

「何よ、これ？」

「わしは〈西部辺境区〉で生活保護課の代表委員もしておる。困ったことがあれば言って来たまえ。わしがいなくても、名前を出せば大概のことは通る」

　マキは歯茎まで剝いて、

「どうもありがとう」

　と唸った。

「みんな親切にしてくれて、とっても嬉しいわ、ガオオ。あっち行け！」

「何だ、貴様、その態度は⁉」

政治部長は青すじをたてた。

「人の親切を何だと思っておる。許さんぞ。貴様のような輩は――」

「先生」

ヘイゼルが腕を引いたが、悪口は熄まなかった。

「このわしがその気になれば――」

その頬がぴしりと鳴った。彼は平手打ちをくれた女秘書を睨みつけた。

ヘイゼルはもっと怖い顔をしていた。

「お席へ」

「むう」

唇をへの字に曲げて、政治部長は席へ戻った。秘書に従い――というより、良心は残っているらしい。

「ふん」

マキが立ち上がり、

「離陸前に、ここの景色を見ておこうっと」

と外へ出て行った。

作業をしていた兵とパイロットを横目に、尾翼の方へ行くと、大きな岩の陰に入った。

そこから——すすり泣きが流れて来た。

「どうしてよ。どうしてみんな——親切にしてくれんのよ」

第四章　人か魔か

1

川の流れを利用した飛行体が無事離陸を敢行してから、一時間が過ぎ、爆音と一定の震動(リズム)が醸し出す心地良さに、みな眠りについていた。

幸い少尉の熱も下がり、医師は、

「峠は越した」

と断言した。

シャルガン空港へ無線連絡はついているから、医療隊が待機中のはずだ。

「前方に雷雲。ベルトを締めてくれ」

パイロットが伝えて来た。

みな眠い眼をこすりこすり指示に従った。少尉のみ二名の兵が前後についている。

たちまち窓外は闇に閉ざされ、窓ガラスには氷の花が開いた。風のせいで飛行体も揺れる。

「一難去ってまた一難」

マキが髪の毛を掻き上げながら言った。

「こういうのを〈西部辺境区〉じゃ、〝呪羅鬼(じゅらき)の旅〟ってのよ。〝呪羅鬼〟てのは、旅する人間ばっかりを狙う鬼のことでさ、これと眼をつけた相手からは、彼らを餌にするまで絶対に離れない。どうも、あたしたちは鬼に魅入られちまったようね」

「こういうときに、そういう話はやめてもらおうか」

と医師が咎めた。

その瞳の中で稲妻が紫の美しい線(ライン)を引いた。

「ん⁉」

パイロットの驚きの声がＤの眼を開かせた。アナウンスではない。ヘイゼルの隣りにあたる窓を見た。

「墜落だ」

雨と闇に閉ざされた窓外に、Ｄの眼はゆっくりと垂直に降下していく旅客飛行体を捉えた。

その内部では、凄まじい恐怖と絶望の劇(ドラマ)が展開しているはずであった。

すぐに眼は閉じられた。

ギスパレリ少尉は意識を取り戻していた。眼を開けると、自然に向う側の窓が眼に入った。

翼が見えた。窓を打つ雨のせいで歪んでいる。

急に女の顔に変わった。

長い髪の女が窓にぴたりと顔をつけて、少尉を見つめているのだった。

両眼の瞼は厚ぼったく、鼻はねじ曲がって、右半分に不気味な瘤(こぶ)がある。人間ではなかった。

――何だ、こいつは？

芯まで熱に浮かされた頭で考えた。ひどく不吉なものだ。

女が手招きした。

自分の体内から何かが脱け出ていくような感じが少尉を襲った。

女の手招きに応じようとしているのだ。それはひどく安らぎに満ちた感覚であった。あそこへ行けば楽になれる。

女の肩越しに、幾つもの顔が見えた。どれも焼け爛れ、つぶれて、眼も鼻も口もわからない顔だ。

床へ落ちたのを少尉は感じた。

ゆっくりと女の方へ向かっていく。這い寄っているのではない。ただ進んでいくのだ。

女の形相が歪んだ。ひん曲がった唇の間から黄色い歯が剝き出しになった。憎悪(ぞうお)の表現であった。

なぜだ、と考え、少尉は納得した。自分は逆らっているのだ。胸の奥にやめろと叫ぶ者がいた。自分だった。本来ならとっくに窓に到着しているのを、その声の主が妨げているのだった。

しかし、身体は着実に窓へと近づいていく。

あと五十センチ。

三十センチ。

よせ。

十センチ。女がにっと笑った。がくん、と飛行体が傾く。

Dが走った。

少尉が付着せんとする窓に近づくや、窓ガラスの中心に一刀を突き入れた。

女の悲鳴を少尉は聞いた。

Dは身を翻して操縦室へと向かった。ドアを開くや、パイロットの前方の窓へ、新たな突きを放った。

女の顔が浮かび、大きくのけぞって虚空に吸いこまれた。

同時に飛行体は安定を取り戻した。

左手が窓に貼りついた。すぐに離れた後に、刃の痕は一切なかった。

「助かったぜ。さすがはDだ。あいつのことは知ってるな?」

パイロットの感謝に応えもせず、Dは席へ近づいた。

少尉は横たわったままだ。少しも動いていないように見えた。付き添いの兵たちも白河夜舟である。

向いの窓のところへ行って左手を押しつけ、すぐに席へ戻った。

隣りは医師である。

小さく、

「いまのは何だ？」

と訊いた。

「〝招き女〟じゃ」

と嗄れ声が応じた。医師は小さくうなずき、

「聞いたことがある。確か乗り物に取り憑いて事故を起こし、犠牲者の魂を奪い去るとか――船と馬車は知っていたが、そうか、飛行体も乗り物だな。だが、どうやってこれを墜落させるつもりだったんだ？」

「乗客の中で最も弱いものの魂を吸い取るのじゃ。すると乗り物はその役目を終えてしまう。乗り物の役目は乗客全員を安全に目的地へ運ぶことじゃからな」

「そうか、それで少尉が引っ張り出されたのか」

「ほお。そのとおりじゃ。だが、〝招き女〟自身は打たれ弱い。剣でも槍でも傷を受ければすぐに消滅する。攻撃を防ぐために、移動速度は異様に速い」

「ははーん、それでDが操縦席へ」

「先廻りしたのじゃ。この中で少尉の次に弱っているとすれば、神経を使いっ放しのパイロットじゃろうからな」

「成程」

医師は納得した。

「墜落した旅客飛行体からこちらへ移って来たのだな?」

「そうじゃ」

少しして、

「雷雲を抜けた」

パイロットから知らせがあった。みな相好(そうごう)を崩した。


「お腹空いた」

とアクアが声を上げたのは、それからすぐである。

ジェニーはバッグを捜して、

「ごめんなさい。前の空港で買い忘れたわ」

「うん」

少年は素直に納得した。〈辺境〉の飛行体には、通常、世話係(ホステス)がつかない。内部での飲食は客自身が用意するのが常法だ。従って買い忘れたりすると、飛行中は空腹のまま過ごさなくてはならない。

「でも、あと少しでシャルガン空港よ。我慢して」

それでもしょんぼりする小さな顔の前に、

「はい」

と分厚いハムとチーズをはさんだサンドイッチが差し出された。

ヘイゼルであった。少年の顔を覗き込んでいる。

その笑顔の上で、ジェニーが、

「でも、これは——」

「先生のお昼です。でもお子さんを見て——持っていけと」

母子が眼を向けた先で、ギャルストンがウィンクしてVサインを作った。

「点数取りよ」

とマキが悪態をついた。

「いつ清き一票になるかわからないからねえ」

「そう言うな。政治家なんてのは嘘の塊だ。みんなそう心得てる。それでも票を入れるのは、どっかに魅きつけるものを持ってるからだ」

「あら先生（ドクター）、急に宗旨替え？　病院でも建ててもらうつもり？」

「何を言うか」

と凄む隣りで、

「いただきます」

「ありがとう」

母子が頭を下げた。下げられた男は、腰に手を当て、はっはっはあと身体をゆすって笑った。

「ところで」

隣りにかけた医師がDに訊いた。

「ダンピールという存在、医者にとって非常に気にかかる。それがいま眼の前にいるとなると、放ってはおけん。二、三訊かせてもらいたい」

勿論、返事はないので、

「どうかね？」

と見つめてしまい、たちまち恍惚となった。

「何だこれは。腕は立つ、それでこの顔か。この世に神などおらんな。少なくとも世界は平等ではないぞ」

「うるさいわねえ。そんなことわかってるわよ」

マキが顔中を歪めて、おええと喚いた。

「あら？」

ヘイゼルが笑顔で身を乗り出した。

「坊やが笑ってるわ。おばさんのお顔が面白かったのね？」

　これだけで頭が一気にピークなのに、アクアが、うんとお多福(ハッピー・ゴッド)さんみたいな笑顔でうなずくのを見て、

「ちょっと、あんた、おばさんて何よ？」

「あ」

「あじゃないわよ、あじゃ。それから、面白かったのねって、念押ししてどうするのよ？　普通は面白かったの？　って訊くもんじゃないの？」

「ごめんなさい」

　ヘイゼルはあわてて詫びた。

「私――そんなつもりじゃ。あの、多分、疲れてらっしゃるので、いつもより少し老けて――」

「少しィ？」

　マキが眼尻を吊り上げた。

「あ、失礼。とってもとっても、後の方は、本当に面白かったものだから」

　言われた方は、ついに歯を剝いた。

「本当に、に力が入ってるわね――人舐めるのもいい加減にしなさいよ」

「揉めているな」

Dがぽつりと言った。ジーニアス医師が肩をすくめて、

「おお、気にするな。所詮は女の喧嘩だ。じき、悪態のネタが切れた方が負ける」

「ふむふむ」

嗄れ声になった。医師は不条理な顔つきで、

「むむ、おかしな奴め」

「おかしくなんぞないわい。この若いのは、いい男の武器は渋い顔と沈黙だというつまらん信念の持ち主でな。話があるなら、わしが聞こう」

「ほお、それはそれは——ひとつよろしく頼む」

隣りで、そんなつもりじゃあ、じゃあどんなつもりよ？　とやらかしているのも知らぬげに、

「貴族との違いは何処じゃ」

とジーニアス。

「陽光の下を歩ける。水の中でも土左衛門にならん。貴族なら平気な攻撃を受けても傷を負う。攻撃力、防禦（ぼうぎょ）力、持久力——パワーを源とする分は、程度の差こそあれ、すべて貴族に劣る」

「しかし、この男はとてもそう見えんがな」

「出来が違うのじゃ」

「何を食っておる？」

「放っとけ」

「急所とかは、人間と同じか？　それとも貴族に近いのか？」

「そうじゃのお——人間か」

「ふむふむ。すると、苦労して心臓に楔（くさび）を打ちこまなくとも、殺すことは出来る、と」

「そうなるか」

　しんねりむっつりやっている隣りで、明るい笑い声が弾けた。マキが、口の両端に指を突っこんで引っ張り、ヘイゼルにイーっとやってのけたのを、アクアが見たのである。ヘイゼルが呆れ返っているのも、拍車をかけたのかも知れない。

　医師は何となく照れ臭そうに、

「貴族の血が流れている以上、ダンピールも吸うな？」

「それはな」

「吸われた人間がどうなるかは幾つかの説がある。わしも見たことはない。正直、どうなるのだ？」

「なったりならなかったりじゃ。それも、ダンピールの資質による」

「ふむ。Dに噛まれたらどうなる？」

「回答は拒否する」

「ふーむ——ん⁉」

　ジーニアス医師はぎょっと身を固くした。

隣りのマキと、ギャルストンとヘイゼルが、興味津々たる表情で覗きこんでいたのである。

ジェニーとアクアまで難しい顔で聞き耳を立てているのを見て、医師は天を仰いだ。

「何だ、おまえたちは？　あっちへ行け」

しっしっ、と追いやり、さあ次の質問をと思ったとき、

「着陸態勢に移る」

パイロットの声が問題なく一同を解散させた。


シャルガン空港は、〈西部辺境区〉と〈北部辺境区〉の国境に位置する地方空港だが、周辺の何処よりも大きく、乗り入れ便の数も多い。

ガンスクェアQ18が着陸した際も、二機が待機していた。

前もって連絡したらしく、救急車が待ち構えており、ギスパレリ少尉は病院へ急送された。

11・00M——雨は無し、ただし曇天だ。

全員がロビーへ下りた。

乗り換え便も多いところで、ソファや椅子には、地方色豊かな乗客たちが腰を下ろしていた。

分厚い毛皮や温熱コード付きのコートやポンチョを着た連中は〈北部〉からの客だろう。

〈北部〉への客と異なるのは、ひどく厳しい表情である。長い間、寒さに耐えた顔つきだけがこれを作れるのだ。

土産物の数が最も多く、その中に「南」の文字が入っていれば、間違いなく〈南部辺境区〉からの乗り換えだ。土産の件がなくても、何処か穏やかな顔つきと雰囲気で、暖かい風土の育ちと知れる。

難しいのは〈東部辺境区〉と〈西部辺境区〉の住人だが、これは流行のファッションで識別するのが近道だ。〈都〉に近い東部は、農民でも一点、それらしいものを身につけている。〈西部〉にも〈都〉に匹敵する大都市はあるのだが、やはり、同じ装いを施しても、身についていないところが眼につく。

最も多い職業は、やはり行商人である。

少し離れた一角に腰を下ろすや、たちまち、それらしいのが現われ、

「どちらまで？」

とマキにまず尋ね、

「北よ」

と答えた途端、組み立て式のスーツケースは一転、衣類の展示場と変わり、小針ネズミのマフラーやら、耐寒オーバーやら、温熱下着を広げて、

「北の寒気に対抗できる唯一の品揃い。移動服飾店パーカーの超激安大バーゲン。この空港ロビーだけの商売だ。コート二点で、温熱パンティとブラひと組大サービス」

とやらかしはじめた。

別の男は、ジーニアスの前へ来て、こちらもケースを酒棚に組み立てて、

「寒さよけ、気つけ薬、精力剤。ひと瓶で十役こなす万能ウィスキー『ほろ酔いミークン』、お医者なら必需品ですぜ」

「なぜ医者とわかる?」

「知られたくなきゃ、往診鞄をもっと粋なのに替えるんスね。それと、酒を勧めるのは、近くへ来ただけで匂うからっス」

「おまえは薬売りか?」

「とんでもない。酒商人っスよ」

2

ジェニーとアクアの下へも、スーツにネクタイの男が現われ、

「失礼ですが、お父上は?」

「いません」

ジェニーが迷惑そうに答えてもビクともせず、

「私は〈都〉の『不在人物供給センター』の者です。そのような感受性豊かな年頃のお子さんを、お母上ひとりの手で育てるのは、肉体的よりも精神的なご苦労が多い。当社が派遣する

『プロクシー・ファザー』なら、お子さまの肉体・精神状態をコンピュータが読み取り、理想的なお父上をお届けいたします」

「お断りします」

「派遣費用は――」

勧誘の声はそこで止まった。

眼の前に突きつけられた白刃を、男は憑かれたように見つめた。

「家族はいるか？」

鋼の声が訊いた。

「は、はい」

「これ以上しゃべると、おまえの会社の商品が必要になる」

歯の根も合わず、男は退散した。

母子はDを見つめた。

はじめてその美貌に気づいたかのように、頰が紅く染まった。

問題は、最後のひとりだった。

疲労し切ったギャルストンの下へ、これも勧誘員が訪れ、名刺を渡して、

「保釈金がご入りようではありませんか？」

「ちょっと――」

　ヘイゼルは遅かった。

「何じゃ、そりゃ？」

　地鳴りのような声が訊いた。政治部長殿の眼は充血していた。

　勧誘員の表情が一瞬こわばったが、こちらも慣れているらしく、笑顔を崩さず、

「出所たばかりとお見受けいたします。友人に頭を下げて逃げるより、いつもニコニコ融通ワールド。返済も確実に承ります」

「ほお、利息は幾らだ？」

「十日で一割でございます。安い、助かると評判も上々でございまして」

「成程、リーズナブルだ。借りよう」

「先生！」

「ありがとうございます。では、ただいま手続きを。いえ、二ヶ所にサインと血判を頂ければ」

「その前にもう一枚、契約書はあるか？」

「はあ」

　それを出させ、

「わしからおまえが借り入れる金額は五千万ダラス。五日で一割の返済だ。サインしろ」

「は？」

「何を驚いている？　それくらいのリスクも負わず、人を金で縛ろうなどとは虫が良すぎるだろうが」

「いや、しかし」

「それから、わしの借り入れは五百ダラス。おまえの条件で構わんぞ」

男は呆然とギャルストンを見つめていたが、にやりと小莫迦にしたように笑った。

「ちょっと待っててもらおう。五百ダラス用意してくるからな」

人混みに紛れて、五分もしないうちに、屈強な男たちを三人従えて戻って来た。

「何だ、おのれらは？」

はらはらするヘイゼルを尻目に、どう見ても悪どい方が凄んだ。

男たちが前へ出て、

「何処の何様か知らねえが、〈区境〉一のロッキゴダ金融を舐めやがったら承知しねえぞ」

とリーダーらしい壁みたいな体格の男が凄みを利かせた。堂々たるベテランの口調であった。

対して、ギャルストン政治部長は少しもあわてず、

「何をぬかすか、この――」

と腕まくりしてから、何かに気づいたような、妙な眼つきでしげしげとリーダーの顔をねめつけ、ぽかんと開けた口で、

「おい」

と言った。

薄気味悪そうに、こちらも睨み返していた壁男も、少し遅れて、

「げっ」

と洩らし、広い背を向けるや、一目散に走り出したのである。

残る三人——いずれも呆然と、壁男の方角とギャルストンを眺めているところへ、

「とっとと失せんか、この莫迦者——これ以上目の前をうろついていると、〈西部辺境区〉政治部長・ギャルストン・ヘイズの名にかけて、貴様らのちっぽけな悪徳金融会社も、貴様らの家族も、路頭に迷わしてくれるぞ！」

破れ鐘のごとき怒号で一喝したものだから、すでに気迫負けした三人は一目散に逃亡してしまった。

「けっ、餓鬼どもが」

二枚の契約書のうち一枚を屑カゴへ捨て、一枚をヘイゼルに手渡した。

「どうなさるのですか？」

眉をひそめる美女へ、そっと、

「借り入れ先の名前に、わしの名を打ちこんで、五千万ダラスの借用書を作れ」

と耳打ちしたのである。

「後で郵送してやれ」

「で、ですが——よろしいのですか？」

「阿呆。何年わしの秘書をやっておる？」

「それは、まあ」

「任せたぞ、我が秘書よ」

軽く肩を叩いて、ふり向くと、居合わせた全員がこちらを向いている。

「政治資金作りだ。この頃は〈辺境〉でも法規制がやかましくてな」

笑いかけたが、みな粛然と見つめるばかりなので、たちまちそっぽを向いた。

「ふん」

と言った。

「ちょっと」

マキが呼びかけて、

「いまのでかい男、知り合いだったの？」

と訊いた。

「倅だ」

平然と返って来た。

「二十年前、暴行傷害だの、恐喝だのを繰り返したもので、家から追い出してやった。何をしているのかと思ったら、やはりあんな真似を。親にも似ぬ放蕩息子の成れの果てめ、いずれ何処かで同類に寝首を掻かれるだろうて。ざまをみろ、むははははは」

そして、Dを除いて呆気に取られた全員を尻目に、ソファにひっくり返って、ウィスキーの瓶をらっぱ飲みしはじめた。

「善意の人かも知れませんね」

と、ジェニーがしみじみと、一同をうなずかせた。

三十分ほどしてパイロットが現われ、

「済まんが、離陸は六時間後だ」

と言った。

全員が遅すぎる、何とかならないかと問い詰めたが、パイロットは、いやあ済まん済まんと頭を掻きながら行ってしまった。

憮然たる一同の前に、続いて現われたのは、私服の女性ホステスであった。

「グランド・ホステスのマチューーと申します。離陸時間待ちの皆様に、時間をつぶすためのご提案をさせていただきます」

空港近くの町で買い物
これも近くにある貴族の廃墟の見物
二択であるという。

ジェニーとアクアが残ると言い、後は全員、買い物ツアーを選んだ。

ひとり、Dのみが廃墟と告げた。兵士たちは全員、Q18に乗せた柩につく。

時間が経っていった。

ギスパレリ少尉は、ふと眼を醒ました。町でいちばん設備の整った病院である。肺の傷は深いが単純なひと刺しであるため、治療の効果はすぐに上がった。

「無念」

と彼は小さくつぶやいた。肺の検査もかねた発声である。任務を全うできなかったという意味だ。

「安心せい」

誰かがささやいた。ぼんやりとした驚きが、瞳の動く範囲で人を捜したが、見つけることは出来なかった。

「すぐに公爵の警護に戻れる。そうでないとおれが困るのでな」

「誰だ？」

「ユン・リー大公だ。ハイランドに生きていられては、少々困る者よ」

「自分に何の用だ？」

「貴族が人間への用事といえば、ひとつしかあるまい」

「自分の血を吸ってどうする？」

「じきにわかる」

大公の声は愉しげであった。人間を捕えた貴族は、どんな気難し屋でもお笑い芸人になると、少尉は聞いたことがあった。

窓外は青い。建物も木立ちも青く染まっていた。それがさらに濃い色彩に変わるのは、時間の問題だった。


Dも同じ光の中にいた。

この遺跡が、〈神祖〉のある実験に使用されたものであることは、今回の旅に出る前からわかっていた。

「どうするかの？」

と左手が訊いた。

Dは地下の大空洞にいた。

天井まで百メートルもある壁には、巨大な石の像が嵌めこまれて黒衣の若者を見下ろしていた。

何もかも青に煙っていた。だが、闇でない限り、光はあるのだった。

Dは地下の中央に広がる空間へ眼をやった。天井の破片が転がっている他は何もない。単なる石の床と塵の広がりだ。

だが、かつてはここで異次元の発電炉が稼働し、数千体の人体が列をなし、切れ目という意味も知らずに青い電磁波が行き交っていたのだった。

石床に細い溝が何本も刻まれている。溝の両端には排水孔が設けられ、休みなく流れる血潮を吸いこんでいたのだった。

人体を封じた半透明のドームの間を黒い数個の影がマントをなびかせて歩き廻り、常にひと言をもって成果を語るのであった。

「失敗だ」

と。

血塗られた貴族も夢を見るものか。ここは彼らの夢の跡であった。

それさえ吹きとばすかのように、風が吹いた。

Dはふり返った。

五メートルほど前方に、豪華精妙な縫い取りをしたガウンの男が立っていた。

「Dだな？　ギリラーナ男爵だ」

灰色の髪の下の顔は濃い口髭で覆われていた。弩(いしゆみ)をぶら下げている。

「おれたちは、ハイランドに生きていてもらっては困る。従っておまえにも死んでもらう」

「ハイランドに縁はないが」

「〈辺境〉一のハンターが、〈西部辺境区〉を代表する貴族と道行(みちゆき)をし、無関係といっても通るまい。邪推を深くさせるだけだ」

「で？」

Dのひと言。そして、血風が吹きすさぶ。

弩が上がった。

びん！　と必殺の発射音。それを聞いたときにはもう、矢は深々とDの左胸を貫いていた。

Dの手には一刀があった。彼は打ち落とすつもりだったのだ。超音速で移動する敵さえ捕捉するDの一刀。男爵の矢はそれを凌ぐのだ！

「遅いぞ、D」

と男爵は嘲笑した。

「それが〈辺境〉一のハンターの力か？　なら底力を見せてみろ」

二本目が飛んだ。

Dは石像の脚の裏に入った。

矢は右脚を貫き――Dの喉元もまた貫いた！

Dは矢に手をかけた。だが、それはぴくりとも動かなかった。

「おれの〝死矢〟――死人とともに焼かれるのが望みだ。そうそう離れてはくれんぞ。そして、標的を定めたら、あらゆる障害物を貫いて仕留める。先祖代々の相伝だ」

石像の陰で咳きこむような音がした。

「おお、血を吐いたか。ダンピールの血は人間の味がするというが、本当か？」

男爵はＤの身を隠した石像の方へと歩き出した。

二本の鉄矢ともに命中。自信に満ちた歩きであった。いかにタフなハンターといえど、〝死矢〟を複数受けて生きていられるわけがない。

像の向うから人影がよろめき出た。

そう意識した刹那、男爵の左胸と喉を灼熱が突き通った。

男爵を十メートルも吹っとばしたそのパワーの主は、無言で喉に手を当てた。

「貴様……よくも……このギリラーナ男爵を……しかし……どうやって？」

返事はない。男爵の弩が持ち上がって、ビン！　と空気を裂いた。三本目の〝死矢〟は天井の一点に突き刺さった。

「……どうして？」

男爵の声を放たせた声帯も、周囲の肉や骨と等しく、ボロボロになって消えた。塵は風が運び去った。

「自信過剰は最大の敵か」

影の左手が感慨深そうに言った。

Ｄの顎は血に塗られていた。

自ら吐いた血を呑み下して、ダンピールたるＤＮＡを活性化させ――理屈はこうだが、急所へ二本の楔を受けながら、それを抜き取り、十メートル先の敵の喉と心臓とに命中させるとは、やはりこの凄絶な若者ならではだ。

「さて、問題の貴族の片割れは斃(たお)した。あとひとりユン・リー大公め、もう闇が落ちれば、彼奴(きやつ)も動き出す」

左手の声は、やや不安げであった。

「早いところ、戻るかの」

外には、Q18から下ろしたサイボーグ馬がつながれている。

視界の中で世界が曲がった。

猛烈な揺れが遺跡を襲ったのだ。石像が腰から脚から折れていく。

崩壊だ。その原因が、天井に刺さったひとすじの矢にあるとは、Dにもわからなかったろう。

Dは走った。

地下室へ導いた石段は、とうに崩れ落ちている。いかに脱出するか。疾走するDの頭上、巨大な天井岩に亀裂が走るや、天井そのものが落ちて来た。

3

離陸時間になってもDは現われず、別の乗客がやって来た。

「少尉さん⁉」

真っ先に声を上げたのはマキで、全員笑顔で迎えたのは言うまでもない。

ひとり、ギャルストンのみが、

「あの怪我がよく治ったな」

と訝しげであったが、

「お蔭で復帰できました」

と敬礼されると、相好を崩して終わりであった。

復帰に代わって欠席の方も、こちらは全員が病人と化したような不安ぶりを示したが、パイロットは頓着なく、

「離陸するぞ」

とアナウンスしたものだ。

Dを残してQ18は地を離れた。

ギスパレリ少尉の他に、あと二人、〈北部辺境区〉行きの旅人が加わった。

ひとりは雑貨商で、

「ゲルゼンと申します」

もうひとりは菓子商人で、

「フィーバーです」

どちらも荷物は貨物室に納めたとやらで、手ぶらであった。

見るからに商品とマッチしたまん丸のフィーバーは、性格もそうらしく、

「坊やに、はい」

とキャンデーをプレゼントし、アクアを喜ばせた。

マキとジェニーとへイゼルにも、おひとつと持って廻ったが、マキの、

「冗談じゃない。五百グラムでも太ったら、首切られる商売よ」

を筆頭に、みな遠慮した。馘首を除いた同じ理由であろう。

「こりゃ、失礼」

と席に戻る後ろ姿へ、

「こら待て」

とギャルストンが声をかけた。

「なぜ、わしを外す」

「いえ、そういうわけでは。召し上がりますか？」

「いらん。そんな甘いものが食えるか。こう見えても、わしは百八十キロを超えておるのだ」

どう見てもそうだが、フィーバーは、

「なら、どうしてクレームを？」

「決まっとる。女に声をかけたら男にも、だろう」

「いや、そういう決まりは」

「貴様、それでも商人か？」

「へえ、一応」

「客を選り好みして商売が出来るか。とても買いそうにない相手にも、思い切りホラを吹いて売りつける、これが商売というものだ」

「ホラ吹いてってどういう意味ですか？」

「うるさい。商売の本質だ」

「へい、わかりました。じゃ、とにかく、おひとつ」

と赤いキャンデーを差し出すのを、

「誰が舐めるかそんなもの」

とそっぽを向いてしまった。

溜息をついて戻ったフィーバーを、雑貨商のゲルゼンが、

「お疲れさんで」

「全く。ああいう客がいるから敵わねえや」

しみじみとつぶやいたものだから、近くの席にいた少尉も噴き出すのをこらえつつ、

「気にするな。あれで嫌がらせではないのだ」

「へえ」

と疑わしい顔つきになるフィーバーへ、

「あれで当人は正しい主張――筋を通したつもりなのだ。忘れてやれ」

「へい、将校さんがそう仰るのなら。あたしの方は何も」

商人は、それでもギャルストンの方をちらりと睨んだが、問題児の隣りの美女が頭を下げているのを見て、やっと表情を和ませた。

その隣りで、

「おい、公爵は大丈夫だろうな？」

こう凄まれ、彼は苦笑しながら立ち上がった。

貨物室へ入ると、残り四人の部下の敬礼に応えてから、柩を覗きこんだ。

「おお、これは」

公爵の眼に点った血光が、笑顔の効果をゼロにした。

「ユン・リーの刺客か。いま暴れるつもりか？」

「柩の中でも元気ですな、公爵。重畳でございます」

二人の会話は他人の耳には入らない。兵士たちに変化はなしだ。

「まだ、おれを狙うか、大公よ？　おまえたちのことは、誰にも話すつもりはないが」

「それを信じられるほど、甘い人生は送って来なかったのでな」

少尉は薄く笑った。影の濃いその顔の中に、もうひとつの顔が揺曳（ようえい）した。彼は手袋をはめていた。

　公爵が言った。

「断っておくが、おれは動けるぞ」

「これでもかね？」

　少尉は眼を閉じ、軍服の胸ポケットから、黒い石をつないだ首飾りのような品を抜き取って、ガラスの上に乗せた。

　黄金の十字架（クロス）を。

　こんな苦悶が世にあるのかと思われるような表情が、公爵の顔を歪めた。必死に苦鳴を抑え、全身は柩の中で石と化した。

「滅びる前に、余計な苦しみを与えて済まんな。せめて彼（か）の地へは一瞬で送ってやろう」

　少尉はふり返り、部下たちに、

「出て行け」

と命じた。彼らが従うと、ベルトにはさんだ銃剣を抜いて、にんまりと笑った。暗い邪悪に染まった顔は、もはや少尉のものではなかった。

　首を捻りながら出て来た兵士たちは、すぐに眼をつけられた。

「どうかしたのか？」

ジーニアス医師が扉の方を向いた。

「何でもありません」

兵士は平然と答えた。民間人に異常を読まれてはならなかった。

「そっちにもお客がいたか」

「おやま」

二人の商人が素早く立ち上がり、商品の入ったケースを手に扉へ近づいた。

「待ちたまえ」

兵士が咎めたが、二人は構わずドアを開けてしまった。

銃剣をふり上げた姿勢で、少尉は停止した。ゆっくりとふり向いた。

「何してる？」

とゲルゼンが眼を細めた。

「あんた――まさか」

フィーバーも息を呑んだ。

「出て行け」

少尉が低く命じた。

二人は首をふった。フィーバーが、

「そうはいかねえ。将校さん――部下の人呼んで、商売をさせてくれねえかな」

「いかん。任務中に商行為は禁じられている。おまえたちもだ」

「固いこと言わんで」

フィーバーがケースからビスケットらしい品を一枚、差し出した。

「論より証拠。美味いビスケットだ。ひと口かじって、よかったら、他の兵隊さんに勧めてくれ」

「出て行かんと――」

少尉の眼が赤く光った。

二人はよろめいたが、すぐに背すじを伸ばして、少尉の方を見た。

少尉が眼を見張った。

「貴様ら――」

二人の眼も血光を放っていた。

「そうか、公爵め、〝分身(わけみ)〟をこしらえていたか？」

少尉の呻きにゲルゼンが首を横にふった。

「狙いは公爵。仕留めるのはおれだ」

とゲルゼンが言い放った途端、少尉の手から銃剣が消えた。フィーバーが呆然と胸を見下ろした。剣はそこから生えていた。

猛烈な勢いでドアが乱打された。

「何をしている、開けろ！」

「少尉殿、開けて下さい」

叫びを意識する者はいない。

倒れるフィーバーの横で、ゲルゼンが右手のバッグを足下に叩きつけた。蓋が外れ、見本の剃刀やタオルや髪飾りが転がる中から、黒い塊がとび出して、少尉にとびかかった。

本来それは、公爵用の生物兵器だったのかも知れない。

空中にいる間に、その顔と身体には黄金の、これも十文字が浮かび上がったのだ。それは少尉の瞳に灼きついた。彼は獣のような苦鳴を上げて身をよじった。その首すじに小さな牙が食いこんだ。

光の津波が押し寄せた。ドアが開いたのだ。ゲルゼンは驚愕に身をこわばらせた。ドアには鍵を下ろしてあったのだ。

長銃を肩づけした兵士が、動くなと叫んだ。

「邪魔者を殺せ！」

とゲルゼンが劣らぬ大声で叫んだ。

少尉の喉に貼りついていた塊が稲妻の速度でジグザグに飛んだ。そいつが止まった兵士の顔は、みるみる枯葉のように変わって、彼は横倒しになった。音はひどく細く小さかった。

「きゃあ」

こちらは太く大きな叫びであった。銃声が轟いた。黒い塊は同じ色の液体をふり撒きながら壁にぶつかり、床に落ちて動かなくなった。

残る兵士のそばにジーニアス医師が立ち、その一歩前で、マキが護身用の小型火薬銃を構えていた。

「や、やったわよ」

「見事だ」

「動くな！」

と兵士が喚いた。相手はゲルゼンであった。

「やれやれ」

こう洩らして、彼は右方の壁に寄った。

次の瞬間、その身体は壁ごと爆発した。当人がバラバラになった他は、意外と小さな裂け目で済んだが、抜けていく空気は、飛行体のバランスを崩すのに十分だった。

悲鳴と怒号が一度だけ交錯し、飛行体は鮮やかな一回転を示した。

「──D!?」

と誰かが叫んだ。

離陸したと知った時点で、Dはサイボーグ馬を走らせ続けた。

ジューシン街道を北へ走り、三十キロの地点で西へ折れた。先にあるのは、海抜一万五千メートルのツヤガ山を筆頭とするガケタ七連峰だ。

岩だらけの道ともいえない道を駆け昇る。石と蹄（ひづめ）の間で小さな火花が上がった。ある角度までバランスを崩せば、サイボーグ馬はDを道連れに倒れる。下は谷底だ。いつの間にか、道は崖を廻っていた。

奇蹟を通り越して、神業（かみわざ）に近い手綱さばきが前進を支えた。左手は何度か、

「ほおお」

と唸った。

やがて、そこだけ岩と土と木をこそげ取ったような台地に達した。

古いが頑丈そうな二階家と倉庫、そして――どう見ても格納庫がついている。

「こんな所（とこ）――知っておったのか？」

呆れる左手に、

「Q18が着陸するときに見つけた」

とDは答え、敷地内に入った。一点の光も洩れていない二階家に近づき、通り過ぎた。馬を下りたのは格納庫の前だった。

シャッターが三十センチほど開き、光が洩れて来る。バーナーでも使っているような揺らぎ

がDの眼を引いた。

　シャッターを押し上げた。音はない。奥へ入った。

　三角翼のジェット推進機と円盤型(ソーサー)の飛行体(フライヤー)、十人前後用の旅客飛行体と中型の輸送体が淡い光の中に並んでいた。光は鉄骨に取りつけられた照明装置から来ていた。

　揺れる閃光と火花は、ジェット推進機の底部から弾けていた。

　長靴(ブーツ)をはいた足が見えた。レーザーボンベもある。修理中らしかった。

　Dはシャッターを下ろした。凄まじい轟きがバーナーの炎を止め、足の主を背中の台車ごと滑り出させた。

　ゴーグルをつけた銀髪の大男だ。百二、三十キロは下らないだろう。それでいて、でぶという印象はない。腹が出ていないせいである。シャツの上に合金製の胸当てを着けている。操っているのはガスではなく、レーザー・バーナーなのだ。

　台車に寝かせてあるベルト給弾式の機関銃を摑んで立ち上がり、銃口をDへ向けた。

「盗っ人なら気の毒にな。穴だらけにして滑走路の端から下の川まで真っ逆さまにしてやるぜ」

「一機買おう」

　とD。老人の脅しなど無視している――というか、最初(はな)から聞いてなどいない。

「何ィ?」

当然、眼を丸くした。

「こんな時間に、こんな山の中まで来て――おい、どうやって上がって来た？　頼むから馬だと言うな」

「修理中のが欲しい。幾らだ？」

「売り物じゃ――」

「屋根に『売ります』とペンキで書いてあった」

老人は憮然たる表情をこしらえた。

「この上を周回したとも思えんが、眼の利く男だな。確かに、近くの遊覧飛行も行っているが、飛行体も売っておる。ただし、修理中のは駄目だ。エンジン不調の原因が摑めねえ。他のは――要らんよなあ」

Dはコートの下に手を入れ――抜き出してから放った。

部品をのせたテーブルの上に、黄金のかがやきが乗った。

「一万ダラス金貨か――こんなもの、〈都〉の金持ちくらいしか持ってねえ。あんた、何者だ？」

「D」

第五章　空変邪劇

1

「これじゃ、お釣りの方が高いぜ」

と老人は肩をすくめ、Dは、

「金は余っている」

天地がひっくり返りそうな冗談を言ったが、当然、彼以外にそんなことわかるはずもなく、老人は頰を染めながらDを見つめて、

「そうだろうとも、そうだろうとも」

何度もうなずいてみせた。

「金の遣い方も気に入った。だけど、やっぱりこいつは売れねえ。五十年来操縦して来たおれでさえ、わからねえ故障を抱えてるんだ。知らん顔して売りとばせはしねえよ」

「直ればいいのか？」

とＤ。老人は驚きと侮蔑を隠さず、

「そら、あんたが直したんだ。買い取って好きにしな。おれには異存はねえよ。だがな、まず見つからねえよ」

Ｄは何も言わず、機体の下へと消えた。

「無理だよ、無理。このおれにだって――」

一分ほどでＤは滑り出た。

「給油パイプの一部に亀裂が走っている。それが直接外へ出ず、近くに連結された不純物シェルター管に流れこんで、燃料漏れを起こしたのだ」

老人は、は？という顔でＤを見つめた。

「修理もしておいた」

老人は、は？を消さず、

「半額で譲ろう」

と言った。

「代金は払った」

とＤは返して、

「ひとつサービスをつけろ」

「おっ」

来たな、という表情を浮かべて、老人は身構えた。

突然、錐揉み状態が止まった。悲鳴と絶叫の余韻の中で、みな眼を丸くして、ついでに胸を撫で下ろした。

「そっちで何かしたのか？」

パイロットの声にも、安堵と恐怖が残っていた。

「完全に制禦不能に陥ってた。何とか立て直しは出来たが、いまは無理だ。礼を言うぜ」

みな、顔を見合わせた。少尉のみ、頭を壁にぶつけたらしく、失神状態である。

床にへたりこんでいたマキが、きゃっ!?　と叫んで前方――壁の破損部を指さした。

ジーニアスと兵士たちも眼をやって、金縛りを食らった。

熔接されたとしか見えない亀裂の前に、長身のケープ姿が立っていた。

「ハ、ハイランド」

「こ、こ、公爵」

彼には人々の驚愕も愚行としか映らなかったかも知れない。

無言で貨物室を出た。マキも医師も兵士たちも、見えない鬼気に突きのけられたみたいに、横へのいたのである。

ぽかんと口を開けたまま、立ちかけの姿勢で固まったギャルストンとヘイゼルを尻目に操縦室へ入った。

「勝手に入るんじゃねえ」

と咎めてからふり向いて、パイロットはげっ⁉　と放った。

「邪魔をする」

「いえ、何でも見て下さい」

「奴らの目的はおれだ」

と公爵は、はっきりした声で言った。

「しかも、二組一緒に来た。お蔭で潰し合ってくれたがな」

少尉と商人たちのことだろう。逆にそのお蔭で、現在の状況を招いているわけだが。

「ギリラーナかユン・リーか——どちらにしても、次の手は打って来るだろう」

「は？」

「この飛行体の防禦は？」

「なし。攻撃なら天井に機関銃座がひとつある」

「そこへ人をやれ」

「お、おお」

「来たぞ」

公爵の言い方があまりにも平然たるものなので、パイロットはすぐには反応できなかった。

「――何が？」

「左三十五度――この数は〝空賊〟だな」

「見えねえよ。レーダーにも映ってねえ」

眼を凝らして、

「待てよ――何だ？　お、現われた。多いねえ。こりゃ確かに〝空賊〟だ。しかし、何でこんな辺鄙な空路を？」

言ってから気がついた。怖る怖る、

「責任を取ってもらいてえな」

「何とかしよう」

貴族の保証である。しかし、

「本当に大丈夫かよ。いくら貴族っても、相手は〝空賊〟だぜ」

レーダー・スクリーンには、緑色の点が星座のように散らばっていた。中央の光点がQ18である。両者の距離はみるみる縮んでいく。

〈辺境区〉の空路開発が進まない原因は、〝空賊〟の存在である。字のごとく空の〝海賊〟だ。幾つものグループに分かれて〈辺境〉の空全体を〝領土〟と称し、旅客用、貨物用の区別なく襲いかかる。小さなグループでも十機、大きければ五十機以上の飛行体を備え、重火器、レーザー兵器も装備しているため、狙いをつけられた相手はまず白旗を掲げる他はない。〈都〉の航空会社なら空軍の護衛もつけられるが、そんな費用も捻出できない地方では、自力で武装するか、民間の護衛会社を雇うのが精一杯である。

幸い〝空賊〟も、儲けの少ない空路は無視しているが、たまに襲われた場合は、積み荷や金品を奪われた上で撃墜される場合がほとんどだ。儲けの少なさに頭に来た挙句の蛮行であった。

今回、公爵を目的とするならば、誘拐とは思えない、殺人だ。撃墜される可能性は十分――どころか間違いない。

「とりあえず、逃げよう――みな、席へついてベルトを締めろ」

アナウンスしたパイロットの肩に氷のような手が乗せられた。

「いや、真ん中へ突っこめ」

「え？」

「逃げてもやられる。奴らの真ん中へ入れば、何とかなる」

まさか、と思ったが、手を乗せられた肩から胸にかけては凍りつき、操縦桿を動かすことも不可能だ。

尋常なら真っすぐ、逃げるなら下方だ。

操縦桿は上へ上がった。

「わわわわわ」

老人は歓喜の絶頂にあった。

夜間に訪れた世にも美しい若者は、ジェット機二機分の料金を払った上、彼の操縦である飛行体を追ってくれと依頼したのである。

同乗した客に、自分の実力を見せられる。パイロットとしてこれほど自尊心を高揚させられる申し出はなかった。

「任せておけ。おれはアイク・ホーンだ」

老人は分厚い胸をどんと叩いた。

「とにかく嬉しいことを言ってくれるぜ。いまから？　構やしねえよ、オッケーオッケーよ」

燃料を詰め、エンジンも廻して、

「よっしゃ、乗った乗った」

「戦闘経験はあるか？」

「おお。若い頃は〝空賊〟相手に丸五十三年、宙返りでダッダッダよ。千機は落としてるぜ」

「任せた」

Dは後部座席に入った。

「あれかい、やっぱ〝空賊〟か？」

「不明だ」

「オッケー――何が待ってようと、空を翔けられりゃ満足さ。ただ――あんたはいいのかい？　ま、こんな訪問の仕方をする男だ、どんなにキツイ状況だって覚悟の上だろうさ」

「左様左様」

いきなり嗄れ声である。これまでのどんな戦闘よりも老人は驚愕した。ジェット機はもう動き出している。

シャッターが自動的に上がり、飛行体が外へ出た。夜風が当たる。滑走路は五百ジャスト。その先は深さ一千メートルの崖だ。

二つのエンジンが動きはじめた。

イオン・ジェットと――高揚という名の精神（エンジン）が。

「うおおおお」

それは老人ではなく、機体が放つ気合のように聞こえた。

むしろ静かに穏やかに、イオン・ジェットは機体を走らせ、五百ジャストで宙へ躍らせた。

「ひゃっほー。さあ、行くぞ！　おれの愛しい庭（ガーデン）へ！」

闇の夜空を飛行体は走った。

「下げろ」

鉄の声が言った。

「え？」

頭上で風が鳴った。弾丸だ。

「うおっ⁉」

左を奇怪な形が急降下していった。

左右十メートルにも及ぶ鳥の翼を備えた飛行体である。

「――〝空賊〟じゃな。プテロダクティル型じゃ」

嗄れ声が言った。愉しそうでもある。

ふり向いたDが、

「三機」

「何、三機⁉」

老人が歯を剥いた。

「このおれの〝みーくん〟を襲うのに、プテロダクティルが三機だと？　舐めるなよ、ど素人が」

「左右からだ」

とD。

小さな光点が続けざまに閃いた。

ぐん、と機首を下げて機銃弾を躱(かわ)すや、〝みーくん〟は急降下に移った。

「大丈夫か？」

老人が訊いた。

「何とか」

Ｄの周囲で風が叫んでいた。

「プテロダクティル型はせいぜい時速九百キロ――こっちは最高一千五百キロだ。あっという間にふり切ってくれる。しかし――たかが三機か、腹が立つ」

言うなり、急上昇に移った。

凄まじいＧに翼が震え、老人の顔は歪んだ。

「おいこら？」

嗄れ声が咎めたが、勿論――無視。

「ほお、ついて来おったな。前からも二機――うーらうーら」

老人の声は震えていた。怯えではなく、歓喜であった。

前方と後ろから銃弾が追って来た。機体に火花が上がり、穴が開く。

「驚くなよ、Ｄ」

老人の脳と手を何かが強靭につないだ。技術という名の何かが。

「いまだ！」

上昇が止まった。そして、立ったままふわりと、左へスライドした。

目標は失っても、連射は急に止まらなかった。

火線は新たな標的に吸いこまれた。

空中に巨大な火の花が三つ開いた。

「わーっはっはっは」

瞬間停止から横へ移動して弾丸を躱し、すでに上昇を再開したジェット機の上で、老人の大笑が闇に流れた。

「おれの庭で喧嘩を売るとはいい度胸だったが、それを地獄まで持っていけ。はーっはっはっは」

興奮のあまり、機体を叩く。力が入りすぎたのかも知れない。

ぱん、という音がした。

機体が右へ傾く。

「おい、左翼が外れたぞ」

声をかけると、Dも静かに、

「他にも欠陥があったようだな」

ジェット機は火の花を凌ぐ速さで、地上へ落下していった。

2

〝空賊〟も獲物の中央突破には驚いたらしい。プテロダクティル型やプテラノドン型の単翼機が列を乱し、三人乗り、五人乗りもバランスを失って降下する。

もとは貴族が放った飛竜や現実のプテロダクティル等の翼と飛翔能力を研究し、人工飛行体に合成したものだ。速度（スピード）は出るし、生物独特のアクロバティックな動きは、単なる飛行体のパイロットの眼から見ると奇蹟的ですらあった。

彼らの戦法は、これも海賊にならって、飛行体と並走し、革製の〝通路〟を装着させて、得物の外殻を破って侵入、略奪に及ぶ。

大概の旅客体や貨物飛行体は、〝空賊〟の姿を見ただけで降伏し、従って、今回のような敵中突破の剛腕をふるうなど、例外中の例外なのであった。海上ならば置き去りにされても何とかなるが、空中で撃墜されたら助からない。

〝空賊〟たちを襲ったのは、二条の火線であった。近くにいるのならともかく、いつもなら難なく躱せる距離にいる武装飛行体が、みるみる撃墜されていく。あたかも、妖しい術にかかったかのように。

銃座にいるのは公爵であった。正しく術だ。彼が銃口を向けた敵は、その場で動きを止め、たちまち四散する。最も不気味なのは、敵の弾丸が一発も命中しないことであった。狙いをつけ、射つ。しかし、火線上の相手は動いたとも見えぬのに当たらない。弾丸が自ら避けているとしか思えなかった。

火竜の首をつけた飛行体が火炎放射を浴びせても、炎はすべて逸れた。

彼らは、銃座内に点る赤い光点を見た。公爵の眼であった。

「突破——しかし、一体追尾して来るぞ」

パイロットが叫んだ。

「スピードを落とせ」

と銃座から指示がとんだ。

「奴らを入れろ。そこで始末する」

不気味な空気が内部(なか)を一巡した。始末？　貴族の始末とは⁉

「逃げ切れるぜ」

「落とせ」

ああ。

やがて外殻を破壊して乗りこんで来た〝空賊〟は、ことごとく公爵と対面し、床に叩きつぶされ、そして——

「いかんな。久しぶりに吸ったら、病みつきになってしまった。しかも、まだ足りん」

青白い顔の中の唯一赤い唇は、さらに赤いものをしたたらせ、爛々とかがやく血色の双眸は、全員を金縛りにした。

「何の齟齬も生じさせず、裁きの座につくつもりであったが、そうもいかんようだ。——来い」

右手が上がった。そして、さし招いた。

この腕に、この招きに人間は逆らえない。主人が下僕を呼んでいる。悪しき主人であろうと、下僕は従わねばならない。世界はそうやって成り立っているのだ。

誰が？

マキか？

ジェニーか？

ジーニアス医師？

それともヘイゼルか？

ギャルストンか？

立ち上がった。小さな影が。

アクアであった。

「やめて」

ジェニーが眼を閉じて言った。

「やめて……」

「よせ」

ジーニアス医師が前へ出ようとしたが、身体は動かなかった。

「やめろ、こら」

マキが歯を鳴らして威嚇したが、勿論、無駄であった。

「おいで」

公爵は、むしろ優しく言った。

少年はゆっくりと近づいた。

「お願いです、やめて――どうして、うちの子を、二度も」

「そうだ、やめろ！」

ギャルストンが立ち上がった。上衣のポケットから持ち出したのは、十センチほどの銀色の板であった。

ひとふりで、それは重そうなハンマーに変わった。形状記憶合金は、人間が応用し得た貴族の技術のひとつだ。仕上げによって、記憶された形は、ハンマー、ナイフ、槍から火薬長銃にまで変化する。

「おまえのような奴は、これで頭を凹ませてやる――その子を放せ！」

ぶん！　と風を鳴らしてふり下ろされた合金の塊を、公爵は避けようともしなかった。

みなの眼に、異様な形につぶれたその顔と赤い霧の爆発を見た。

？(クエスチョンマーク)を頭の上に点(とも)して、ギャルストンは立ち尽した。呆気(あっけ)にとられたという表情だ。まさかこんなにも簡単に、狙ったとおりになるとは思わなかったのである。

女たちはマキを除いて顔をそむけ、マキ自身もおぞましさに顔を歪めていた。

笑い声が起こった。

何処かで誰かが笑ったのである。誰もがひとりしかいないとわかっていた。だが、そのひとりは——

血の霧に煙った公爵の顔が、すうともとに戻った。とび散った血しぶきも消えている。

「いい夢だとは言わんがな。さ、おいで」

公爵は、身を屈めてアクアを抱き上げた。

何か抜け出してしまったような小さな顔に、にっと笑いかけた。

二本の牙が典雅な顔を野獣のように見せた。

「やめろお」

人型の風と化して突っこんで来た者がある。ギスパレリ少尉であった。彼はアクアの首に、黒い石をつないだロザリオを叩きつけるようにかけた。公爵の胸に乗せた品である。

声にならぬ叫びを上げて、公爵は顔をそむけて後じさった。

少尉はアクアを庇うように立って、ギャルストンの手からハンマーを奪い取った。ひと捻りで、それは鋭い剣に化けた。

思い切り引いて、少尉は頭から公爵の胸もとへとびこんだ。

五十センチ超の刃は公爵の背中からとび出し、操縦席のドアを貫いた。

否、そこから出て来たばかりのパイロットもろともに。

パイロットは〝空賊〟を撃退してのけたことで、乗客たちに祝いのひと言を述べに来たのだった。

公爵よりも彼の負傷に、乗客たちは戦慄した。パイロットはひとりしかいないのだ。

ジーニアスが少尉に抱きついて引き戻した。

「消えたぞ！」

これはギャルストンだ。公爵の姿は忽然と消失していた。彼も夢だったのかも知れない。

だが、彼らは現実だ。そして、空中で彼らを守る飛行体は、操る者を失い、何処までも闇の中をさ迷っていくのだった。

燃料が尽きて、地上に激突するときまで。

「パイロットはどうだ⁉」

ギャルストンの叫びより早く、床に倒れた彼の容態を調べていたジーニアスが、

「死にはせんが——操縦は無理だ」

と言った。パイロットが、いやと応えた。

「何——大丈夫さ。操縦室へ連れていって操縦桿を握らせろ」

パイロットの声はしっかりしていたが、呼吸困難に陥っているのは誰にも明らかだった。

「無理だ。少尉のように肺はやられていないが、複雑なテクニックを使える状態じゃあない」

「だが……このままじゃ……誰か……飛行体を動かした……経験のある……者は？」

みな凍りついていた。

「残念だな」

「全く……だ」

そう言って、パイロットは首を落とした。

「彼に教えてもらえば？」

我ながらのナイス・アイディアに、マキが眼をかがやかせた。

「そんなことが出来る状態じゃあない」

「えーい」

ギャルストンが床上の少尉の胸ぐらを摑んで抱き起し、拳をふり上げた。

「先生、いけません！」

ヘイゼルがその腕にすがりついた。

「飛行体の操縦なら、私――経験がございます！」

全員が――雇い主たるギャルストンまでが眼を剝いた。晴天の霹靂だったらしい。

「パイロットの経験があるのかね⁉」

ジーニアスが眼を剝いて叫んだ。

「はい。でも、小型の自家用機なんです。こんな大型の輸送体とは、計器の数や並び方から違います。操縦法も――」

「この際、そんなことは言っとれん。空を飛ぶ理屈は同じだ。操縦だって何とかなる」

「そうとも！」

　ギャルストンが賛同した。

「我が秘書は優秀の極みだ。操縦の件は知らなかったが、ここいちばんで底力を発揮するタイプなのだ。みなの生命がかかっているのだ、しっかりやれ！」

　惚れ惚れし切った顔と、極端な前言撤回にみな呆れ返る中を、ヘイゼルは彼に背中を押されるようにして、操縦席へと進んだ。

　そして、たちまち、

「駄目です、わかりません！」

「いーっ」

　とマキが天を仰いだ。

「これでおしまいか。あーあ、〈北の店〉で歌いたかったなあ」

「そこの兵隊ども。おまえたちも役立たずの仲間か？」

　ギャルストンの叫びに、ジーニアスともどもギスパレリを介抱していた兵士が、

「残念ですが。ずっと歩兵でして。少尉殿も同じです」

「えーい、どいつもこいつも役立たずめが。これだけの人数が揃って、飛行体ひとつ操れんと

は、屑の集団だぞ」

「あんたも屑のひとつよ」

「何ィ⁉」

と睨みつけた相手は勿論、マキである。

「何が何ィ、よ。でかい図体プラスでかい声出せば自分の思いどおりになるなら、世界は熊のものよ。さっきここいちばんって言ったけど、あんたがいちばんでなきゃダメでしょ。こういうときにみなを救ってこそ、国家公務員よ。女にみいんなおっ被せて、しくじったら、みんなのせいにする――やっぱ公務員なんてサイテーよ。給料分の仕事しろ」

こっちも半分以上言いがかりだが、状況と真の怒りが聞く者にそれを忘れさせた。

「この糞女（あま）」

口汚く罵ってマキの方へ歩き出そうとする、その前に、小さな手が上がったのである。

アクアであった。

「何よ、坊や？」

マキが眼を見張った。

「ゲームで習ったの」

「何を――？」

と血相を変えたジェニーが、この瞬間、あっ⁉　と思い切り両眼を見開いた。誰もがその表情に、驚愕と――希望を読んだ。

「そうだわ。あれ――」

「『飛行体の操縦プログラム――貨物バージョンA』」

　と少年は言った。

「エアベルトM1～26、ジョブトレイJ1～15、ガンスクェアQ1～17」

「駄目だ――これはガンスクェアのQ18だ。入ってない」

「そんなことありません」

　ジェニーが激しくかぶりをふった。

「ガンスクェア・シリーズの操縦法は、ほとんど共通しています。1～17までは差異がありません。18でも同じです」

「ちょっと、お母さん」

　マキが何か変わったものを見るような眼つきで清楚な母親を見つめた。

「あんたもベテランねえ」

「いえ――少しだけ。この子が愉しそうだったので。でも、一度きりで、何も覚えていません」

「坊や――やれる?」

　マキが、それこそ真剣勝負みたいな眼で小さな顔を見つめた。

「うん」

みなが顔を見合わせ、またアクアに戻った。

「おい、坊主、おまえはみんなの――」

と言い出したギャルストンをマキが睨みつけ、ジーニアス医師が、

「みんなもパイロットも君の腕を見たがっておる。ひとつ気楽に頼む」

「うん」

アクアは母親を見て、彼女がうなずくと、操縦室の方へ歩き出した。大人の注目を浴びる――子供らしい虚栄心が頬を紅く染めていた。

「こら、どかんか」

ギャルストンに喚かれ、へイゼルは操縦席を立った。少年を見てきょとんとし、すぐに無惨な自信喪失の表情をこしらえた。それを救ったのは、

「いえ、その方も操縦の経験があるのなら、アクアに教えてやって下さい」

ジェニーの願いだった。

「お願いします」

操縦席にかけてベルトを締め、アクアはへイゼルに、年齢にふさわしいあどけない笑みを見せた。

「エンジンの回転数、正常。油圧も正常。平衡維持装置、異常なし――」

アクアの声にみな聞き耳を立て、使用する単語に舌を巻いた。

パイロットが起きていたら、操縦桿を握った前方を見据えるその顔に、感嘆の声を上げたに違いない。

だが――

3

誰にも気がつかれないうちに貨物室から出て、操縦席の前に立ったのは――

アクアは凍りついた。

「公爵⁉」

と、マキが叫んだ。

「柩の中からすべて見ていた。さすが我が子と見こんだ子供だ。すぐにこんなオモチャの操縦ではなく、宇宙を動かす力のさばき方を教えてやりたいが」

「何しに来たのよ⁉」

マキが歯を剥いて敵意を示した。

「あんたね、裁判にかかるのよ、人間の血を吸った罰でね」

公爵の口もとをうすい笑みが飾った。自嘲ともいえる笑みでもあった。

「そのとおりだ。いま、柩に戻ってようやく憶い出した」

「……………」

「安堵せい。この子には何もせぬ。少なくとも、おまえたちの常識という無知の範囲内ではな」

「言うわねえ」

マキが素早く護身用火薬銃を抜いて、公爵の心臓に狙いをつけた。

「柩へ戻れ、この腐れ貴族」

公爵が右手をアクアにのばした。

銃声が轟いた。

公爵はぴくりともせず、マントに傷もつかなかったが、飛行体は激しく揺れた。ごおと空気が唸り、一点から吸い出されていく。マキの弾丸は外殻の最も脆い部分を射ち抜いてしまったのだ。

「やれやれ」

公爵が、あわてふためく人々を、憐れみを含んだ眼で眺めた。

「小さな穴がひとつ開いただけでこれか。よく空を飛ばそうなどと思ったものだ」

「坊主――操縦桿を起こせ！」

ジーニアスが叫んだ。

「ヘイゼル、何をしてる。手を貸してやれ！」

「貸してます。でも——動きません」

「墜落するぞ——この莫迦女め」

ギャルストンの非難にも、

「仕様がないじゃーん」

マキは丸っきり責任を感じていなかった。

シートの肘かけにしがみついた医師が、ひとり平然と立ち尽す公爵へ、

「何とかしろ。地上に激突すれば、おまえは平気でも、柩は吹っとぶ。じきに陽が昇るぞ」

「残念ながら、おれはこれ以上、あの子に近づけん」

と公爵は応じた。

凄まじい風圧の中を、兵士がひとり操縦席まで辿り着いて、ヘイゼルを押しのけ、アクアの手も外して操縦桿を握った。

渾身の力を込めても、降下は止まらなかった。

左右を見廻し、兵士はそのとき、左の窓の一点に吸いつけられた。声を張り上げた。

「左方より飛行体接近！」

どよめきが上がった。考えてみれば、外から誰が来ても〝空賊〟のような連結通路を持っていなくては入っては来られない。通常の飛行体にそんなものは積んでいないのだが、人々は歓

喜の叫びを合わせた。

新たな飛行体が上空に来た――と思うや、どん、と衝撃が天井を衝いた。何かがとび移ったのだ。

誰もが頭の中であるひと言を考えた。

「×××」

「×××」

「×××」

公爵だけが口にした。

「まさか」

と。

操縦席で悲鳴が上がった。操縦桿を握った兵士が、手の甲に鋭い痛みを感じて手を放したのだ。押さえた手と手の間と、押さえた手の甲に十センチほどの赤い糸が走り、鮮血の帯と化した。

その代償のごとく、全員の身体に別方向の力が加わった。

「おお――上がった！」

兵士が真っ赤な両手を震わせ――その後で、アクアともども呆然と操縦桿を見つめた。それを操る手は存在しなかった。

死への下降を選んだ飛行体は、生への上昇に移っていた。

「怖るべき男よ」

公爵がつぶやいた。

「少しは死というものの片鱗を味わわせてやろうとからかってみたが、ここまでか」

突如、宙を舞うあらゆる品が床に落ちた。

同時に公爵の姿も消えた。

「外に誰かいるわよ」

マキが喉をぜいぜい言わせながら天井を見上げた。

「中へ入れなくては」

これもシートの手すりを摑んだヘイゼルが、息も絶え絶えに言った。

機銃座から黒衣の人影が下りて来た。

「D」

誰が放ったものか、それは歓声に近い慄きの声であった。

彼は左手をふった。何かをふりほどくような動きであった。その頭上で銃座へのシャッターが自動的に閉じて、空気の流出を停止させた。

「公爵はどうした？」

「消えた」

と兵士が応じた。貨物室の戸口で、中から出て来た兵士が、

「さっきまで出かけていたのに――いまは柩にいます」

それで満足したのか、Dは近くの窓に近づいた。小型の飛行体が並走している。片手を上げた。

飛行体は離れた。別れの挨拶であったものか、それは反転し、まっしぐらにもと来た方角へと飛び去った。

「どうやって操縦を？」

手を負傷した兵士が、血止め軟膏を塗りながら訊いた。内部はようやく落ち着きを取り戻しつつあった。

見えない糸――直径千分の一ミクロンに満たぬチタン鋼の仕業だと、Dは答えない。その眼にふと懐かしさがかすめたと気づいた者はない。

「何があったか、話してもらおう」

貨物室の方を見ながら要求した。

全員がしゃべり終わるまで眼を離さず、やっと向きを変えると、アクアに近づいて、その頭を撫でた。

「末はパイロットか」

Dの声であった。少年の頬が桜色に染まった。それは誇りの色であった。だが、彼はすぐ首

を横にふった。

「――他になりたいものがあるか？」

小さくうなずいた。

「しっかりやれ」

こう言って、Dは貨物室へ向かった。

出ろと告げる前に、兵士は外へ出た。Dは入ってドアを閉めた。ちらと鍵を見て、柩に歩み寄り、

「今度、騒ぎを起こしたら処分する」

と言った。

「おれを法廷へ引き出さなくては、まずいんじゃないのか？」

柩の中で公爵は訊いた。勝ち誇りに近い口調であった。Dは答えた。

「少尉がな」

じわり、と柩を緊張が埋めた。

「Dという名の男ならやりかねんな。遊びはやめだ」

「おまえを狙う者は無傷だ。ユン・リー大公はな」

「ほお、するとギリラーナは始末したか。戦うだけしか能のない輩であったが」

「次はどんな手を打って来る？」

「気になるか？」

公爵は驚いたようである。

「貴族を斃す――それだけにしか興味も関心もないくせに、貴族の戦闘能力にも戦術戦略にも興味は一切示さず、それで常に勝ち残ると聞いたが」

「じきに夜明けだ。柩を陽光にさらしたいか？」

「ふざけないでもらおう」

「では、話せ」

公爵は眼を閉じた。シャッターが上がり、その顔を隠した。

Dは惜しむ風もなく、身を翻した。

戸口を抜ける前に、ふと足下を見た。


安定飛行を続けた飛行体が、次の着陸地点ガラールに到着したのは、一時間と少し後だった。

前のとは異なり、狭くて殺風景なロビーには人影もなく、椅子の何処を指でこすっても、砂粒が付着した。

「ひでえ田舎空港だな」

それでも病院は近くにあり、少尉とパイロットは、空港に備えつけの救急車で運ばれた。

他のメンバーは空港内のレストランへ向かった。

「次で目的地に到着だ。敵の攻撃は激しさを増すぞ。ここでひと便遅らせるか、他の便に乗り換えさせたらどうだ？」

左手である。

「すでに大分遅れとる。今度何かあったら、まず間に合わんぞ」

「自分なら乗り換えるか？」

とD。

「とんでもないわい」

Dは空港の外へ出た。

近くの町ピティラまでは車で約三十分。とばせば半分だ。

眼の前を救急馬車が走り去った。

「あれで助かる奴は助かるじゃろうて。しかし――」

「柩が見えたぞい」

左手の指摘より先に、Dは動いていた。

やがて、空港近くの街道の脇から、救急馬車の御者と隊員の死骸が見つかる。

何もかもくっきりと浮かび上がる冬の空気の中を、救急馬車はピティラの町の手前で左へ折れた。

かつてこの地方は金鉱の発見で荒くれ者たちが猖獗（しょうけつ）を極め、黄金を巡る犯罪や殺し合いが続発。金が掘り尽されると騒乱とともに人々も去り、いまは廃屋や廃鉱ばかりを風が巡る荒地と化している。

ピティラの町の規模はいまの十倍を超え、〈都〉からも調査団が訪れたという。空港があるのもそのためだ。

救急馬車は廃屋と隣接した廃鉱の広場で停止した。

後部の救命庫から五名の白衣姿が下車し、うちひとりが救命庫を示して、

「兵隊は殺せ。柩は7号坑へ運べ」

と命じた。

岩山に開いた採掘坑は、木の板に1～10までのナンバーが灼きつけられている。

「7」以外は出入口が板張りであった。

広場には鉱夫や土砂を運ぶためのトロッコが並び、それぞれの坑道に鉄路が吸いこまれている。赤錆だらけの車体が、歳月の変移とその果ての荒廃を一層無常に見せていた。

柩は急傾斜をトロッコで運ばれた。

外からの光も途絶え、二十分も経った頃、別の光の広がりが前方に見えて来た。

坑道の中の採掘現場であった。

そびえる岩盤の前に、数台のパワー・ドリルとクレーンが並んでいる。どれも遙か昔のモデルで錆に覆われているのは言うまでもなかった。

トロッコが止まり、柩が運び出されるとすぐ、二十メートル近い天井から〝プラットフォーム〟と呼ばれる円形の磁気飛行体が下りて来た。

厚さ五十センチ、直径三メートルほどの基部に、磁気発生装置とエンジンが組みこまれ、その上を手すりが囲んでいる。革コートを着た三人の男がそこに立っていた。

柩のそばに降下しても、三人は下りて来なかった。

「開けろ」

とひとり恰幅のいい男が命じた。背後のずっと精悍な二人はボディガードだろう。どちらも連射用の弩を下げていた。

柩の顔面部の蓋が開かれた。

「何をしている、全部開けんか」

いらだたしげな叫びに、白衣のひとりが、

「いくらやっても蓋は開きません。顔の部分だけです」

「離れろ」

男が命じた。

白衣たちが下がると、彼はコートの内側から水晶を思わせる材質の短銃を取り出し、柩に向けて引金(トリガー)を引いた。

まばゆい光の粒子が、男と柩をつないだ。

一秒——二秒。

男は三重の顎を撫でてから、粒子ビームの照射を中止した。

十万度の直撃を受けながら、柩の表面には傷ひとつなく、白熱もしていない。触れても柩の表面は冷たいままだろう。

「わかった。では、処分しろ」

白衣の男たちが走り寄り、柩に最も近づいた男に、ひとりがハンマーを、ひとりが三十センチほどの白木の杭を手渡した。

「その前にひとつ聞かせて下さい」

指揮官が〝プラットフォーム〟に声をかけた。

「何をだ？」

「貴族を滅ぼすなら、外で陽光を浴びせればいい。こんなうす暗い地の底で杭を打ちこむ必要が何処にあるんです？　杭打ちにしても陽の光の下でやった方が、確実じゃありませんか？」

「陽が照っていようがいまいが、日中は貴族は眠り続ける。それに、世間に出てはいないが、陽光を浴びせても無効な貴族もいるのは、百人以上記録に残っておる」

「貴族は何千万人もいますよ。この公爵が百一人目と仰るんですか？」

男は忌々しげに、

「わざわざこの地下を選んだのは、わしらの雇い主が好まれるからだ」

白衣の男たちが顔を見合わせた。陽光の下よりも地下の闇を好む雇い主。ひとりしかいないだろうが。

第六章　天地を蝕む紐

1

「何処にいらっしゃるので?」

白衣の男の声は、はっきりと恐怖に染まっていた。

「じきに来られる。用意しろ」

「はっ」

男は白色のボンベのかたわらに立つ白衣姿に、うなずいてみせた。

後は簡単な行程であった。

顔の部分にボンベに連結されたチューブが入れられ、柩全体にガスを行き渡らせる。

「点火」

チューブは炎を吐いた。

ごお、と炎が燃え上がり、顔の部分から天空高く噴き上がった。一分――二分――公爵の首が落ちた。十万度超の炎は、貴族の全細胞を焼き尽くしたのである。

「よし」

〝プラットフォーム〟の男の声にも、恐怖と疲れが滲んでいた。

「では。我々はこれで」

一礼する男たちへ、〝プラットフォーム〟から布袋が放られ、受け止めた腕と胸の中でがしゃんと硬いものが触れ合った。

男は会釈し、背を向けた。

「数えなくてもいいのか？」

「そんな必要はありません」

「殺人集団が人を信用しすぎると、危いんじゃないのか？」

白衣のリーダーは足を止め、〝プラットフォーム〟をふり返って、

「信用しすぎた相手が、次々に死ぬんです」

陰々たる声は、不敵で不気味な自信に満ちていた。

〝プラットフォーム〟の男は唇をゆがめると、光るものを放った。リーダーはそれを受け止めると、深々と頭を下げて袋に入れた。一万ダラス金貨であった。

白衣たちがトロッコまで進んだとき、

「待て」

どう聞いても人間のものとは思えぬ声がかかったのである。

むしろ意気揚々と立ち去りかけた白衣たちが、氷柱に変わる。

それは、声の出どころに気づいたからだろうか。岩壁の奥からだと。

全員の視線がその地点に集中した。

灰色にそびえる岩の壁だ。篝火の炎が陰陽のゆらぎをつけている。

そのゆらぎの向うから、何やら人の形に似たようなものが——否、明らかに人間の形が、その影を濃くして来るではないか。

岩の中を移動する人間か⁉

かっと眼を見開いた男たちの眼の前で、影は凹凸を備えた。岩から出たのである。

それは石の床に立っても沈まなかった。葡萄色のマントに身を包んだ銀髪、隻眼の男であった。

「これは——ユン・リー大公様」

〝プラットフォーム〟の上で、男たちが一礼した。フォームは着地していた。

「惑わされおって」

と大公は唇を歪めた。

「そ、それは——どういうことでしょう？」

〝プラットフォーム〟の男は血の気を失った顔を向けた。

大公は彼の方を見ず、返事もしなかった。大股で柩に近づき、柩の中の公爵を覗いて、

「とぼけた男よ。来るのが少し遅れたら、何もかも手遅れになるところだったわい」

彼は柩の蓋を閉じ、三秒ほどしてからまた開いた。

同時に笑い声が噴き上がったのである。

柩の中で、灰と化したはずの公爵が笑ったのである。

「嘘だ――おれは確かに――」

叫んだのは、火葬を行った白衣姿だ。

その顔に、ぴしゃりっと広がったのは、大公が吐いた血唊であった。それは瞬きする間に顔中に広がり、同じ速度で縮小した。後に白衣姿の頭部はなかった。

「役立たずめが」

こう吐き捨てて、大公は柩を見つめた。笑いは熄んでいた。

「誰かは知らんが、おれはまだ滅びはせん。おれの生命を狙う以上、ギリラーナか、ユン・リーか。死者を食らう蛆虫ども、もはや許さぬ。おれと柩に詫びて死ね」

声は録音したものに違いない。青い電磁波に似た光が、白衣の男たちを貫いた。思い思いの苦鳴を放って倒れた身体は、同じ青い光を帯びていた。それが色褪せ、消え去った地点に男たちの姿はなかった。

リーダーだけが残った。

彼は両手を前に突き出しつつ後じさった。

「役立たずが」

大公は男に歩み寄った。

「来るな」

男は何処かでスイッチを入れた。

レーダー・サイトを備えたごつい兜が頭と顔を覆い、同じ材質の鎧が全身をカバーする。

小さく、モーター音が鳴った。

「公爵はこれから殺す。来るな！」

だが、大公が一メートルにまで迫った瞬間、大公の顔面に鋭いフックが叩きつけられた。五十万馬力を発揮する原子力モーターは腰椎に付属している。装甲は理論上、一キロトンの核爆発にも耐え得る強度を備えていた。

拳は手応えもなく反対側の顎から抜けた。水を貫いたかのようであった。

「――⁉」

愕然としつつも、二発目のストレートが炸裂した。

骨が砕けた。拳の骨が。その前に指の装甲が粉砕されていた。

岩の中を抜けて来た分子の密度はどれほどのものか。苦痛に耐えつつ放った右前蹴りが打撃するや、装甲は吹っとんだ。加えてキックのパワーのせいか、男の足は爪先からつけ根まで、骨から肉が剝がれ落ち、骨もまた吹きとんだ。

大公の手が兜を摑んだ。顔も頭も絡め取るほどの長い指であった。

ずっと装甲に食いこんだ刹那、男の首から上は握砕（あくさい）されていた。

手のひとふりで血肉（ちにく）を弾きとばして、大公は柩の方を向いた。

「いよいよだぞ、公爵よ」

と言った。

柩の顔の部分にシャッターが下りた。

「逃げても無駄だ」

拳をふり上げた。ふり下ろす前に、青い光が大公を貫いた。青く染まった全身は、数秒間それを維持し、光が消えるやもとに戻った。

柩の外被がめくれた。それは皮というより箔に近いものであったろう。

これも形状記憶合金と呼ぶべきであったろうか。

表面積はそのまま、形が剣状に変わった。箔体の強度は分子と原子を兼ねる絶対金属に等しい。

大公に斬りつけた部分は、その首すじであった。刃は斜め下方に全身を割り、脊椎も肋骨も斬り離して右の腰から抜けるはずであった。

そのとおりになった。

大公がにやりと笑った。

次の攻撃もプログラムされていた。もう一枚の箔が錐状に変化し、大公の心臓へと吸いこまれたのである。

こちらは難なく撥ね返して、大公は柩に迫った。

彼は右手をふり上げた。

「わしに幻覚術は効かんぞ」

その顔が、明らかに狼狽の相を浮かべて、レールの先をふり返ったのだ。

坑道を鉄蹄の轟きがやって来る。

広場に駆けこんで来たサイボーグ馬から、しなやかに降り立ったDは、無言で一刀を抜いた。

「おまえの眼はくらませられぬと思っていた」

大公は動かない。

無造作としか思えぬ一刀は、精確無比にその心の臓を貫いた。

呆気ない手応えとともに、それはDの手に戻った。無駄な二撃目をDは送らなかった。

三メートルも後方へ跳躍して距離を取る――空中にあるその胸もとへ鋼鉄のパイプが飛んだ。

掘削の道具であった。

それを弾いた刃は押し戻され、打ち抜いた衝撃はDを十メートルも彼方の岩壁へ叩きつけた。

のみならず串刺しにした。木の杭がDと――岩を。鮮血の滲む杭の根元をDが摑んだ。

「意外と他愛のない」

大公は嘲笑した。

「では、本意を果たすとしよう」

ふり向きながら、彼は風の鳴る音を聴いた。

柩のそばにはなお、防禦箔が浮いている。彼にとっては何ほどのこともない相手だった。

その足が止まったのは、風の鳴き声に、何やら、煽られた炎のような音が混じったからだ。

人間（ひと）の耳には届かぬそれは、貴族の不安を掻き立てたのである。

彼はもう一度ふり向いた。串刺しにしたはずのDの左手が持ち上がっていた。

「水は杭についたこやつの血」

と嗄れ声がした。愉しげであった。

「風はわしが招き、地はここへ来る前にたっぷり土を食ろうて来た。そして、火は――これよ」

左手が胸前に上がるのを大公は見た。疑いの余地はない。奇怪な声の主はこの左手であった。

手の平がこちらを向いた。

ぽかりと小さな口が開いた。唇も歯並びも舌も見えた。

その奥で、ごおと青い炎が燃えた。

左手が杭にかかるや、引き抜くと同時に、大公へ投擲（とうてき）した。

手刀がそれをへし折った。

大公はDを見ていた。

杭に劣らぬスピードで跳躍して来るのを！

後退した。Dの速度を見極めた上で十分に距離を取ったつもりであった。

まさか、空中で加速して来るとは⁉

胸中に広がる驚愕とは別に、彼は自分の不死身ぶりに自信があった。いかに剛刀であろうと、ある時は岩中を通り抜け、ある時は液体と同化する超密度の肉体を傷つけるのは不可能だ。

その眼は稲妻を見た。

真横に走る稲妻を。

声は上がらなかったが、大公は片眼を抑えて後退した。ただひとつ尋常でなければならぬ隻眼を、Dの一刀は見事に斬り割ったのである。

攻守は所を変えて——よろめく盲目の貴族へDが迫る。

その左右から光るものが走った。

剣（ソード）と錐（ドリル）とが。

柩の防禦システムは、死闘のさなかに近づくDを敵と見なしたのだ。

一瞬、Dの右手が光の旗をふった。

刃はそれに巻きこまれ、錐も後に続いて、床へ落ちたときは二つに裂けていた。

わずか一秒の遅れが、生と死を分かった。

大公は眼を押さえたまま、背後の岩盤へ溶けこんでいったのである。にやりと笑った。その刹那、つぶれた隻眼をDの剣が脳まで貫いた。

痙攣する人影は薄れ、小さくなり、単なる染みと化して動かなくなった。

コートの胸を血に染めて、Dは刀身を収めた。

すでに、〝プラットフォーム〟の男たちも姿を消している。

「雑魚どもも退散したか。だが、まだまだ攻撃は続くぞ」

足音がやって来た。

レールを辿って来たのであろう。息も絶え絶えの兵士たちが三人、柩に駆け寄った。ひとりはギスパレリ少尉であった。

「上で助けたときは憑かれていると思ったが、いまはよくわからん。任務への執念か」

少尉がDを見た。死相に彩られた顔であった。

「感謝いたします」

糸のような声が告げると、彼は前のめりに倒れた。

Dが脈を取って立ち上がり、残る兵士を見た。

「死んだ」

二人は眼を閉じて敬礼を送った。

「後はお任せ下さい。柩は飛行体まで我々が運びます」

「ひとつ訊く」

とＤ。

「おまえたちの上官は誰だ？」

二人は顔を見合わせ、片方が、

「それは」

と言った。

それきり、眼を伏せた。

無言でＤはサイボーグ馬に近づいた。

2

空港のロビーには、商人たちが集まっていた。狙いは土産品と旅の道具である。

一同が入るや、客だと見た連中が、ずわーと虫みたいに寄って来た。

マキのところへも。

「万が一の時、外へとび出してボタンひとつ押しゃ、三個のパラシュートが一遍に開きますぜ。

ここだけの話、地方便は別名『墜落便』って呼ばれてるんですぜ。五回乗りゃ一回は落ちます。そろそろ期限ならおひとつどうです？　強化ビニールだから、凶鳥の嘴(くちばし)でつつかれても平気の平左。人間様がつつかれちゃ困るという方は、この火薬式散弾銃はいかがです。一発ズドンで出る弾丸(たま)は十発。五回も射ちゃ、どんな化物鳥だって逃げちまいますよ。その美しい顔とナイスバディがぺしゃんこになったり、ズタズタにされる前に、おひとつどうですか？」

とやらかし、

「縁起でもない」

とビンタ張られる奴もいれば、ジーニアス医師の前で、

「お客さん、見るからにお大尽だね。でも、お供はなしか。だったら、この護衛用のビニール・ガードマンは欠かせないね。見た目は頼りないが、この首んとこにちっちゃな万能函がついてるんだ。おかしな奴が近づいて来たら、脅し文句も吐くし、相手が武器を取り出したら、この首んとこにある、細長いの——熱線を射つ銃だ。これで焼き殺してくれる」

「物騒な代物だな、いらん」

「そう言わず。いらんときは空気を抜いて畳んどきゃいいし、熱線は一万回使える。このスイッチを押せば、あんたの後から邪魔にならねえように尾(つ)いてくよ。やぶ医者なんか連れてくより、百倍も安心だぜ」

「いらん、帰れ」

別の奴はジェニーとアクアのところへ来て、

「ほお、こりゃ別嬪のお母さんと、可愛い坊やだ。けど父さんはいないらしいね。この先、何処まで行くのか知らねえが、女と子供だけじゃ物騒だ。この救助カードが役に立つよ。〈辺境〉の全警察組織と、各〈辺境〉のでかい犯罪集団三百と契約してあって、半日から一日、三日、五日、一週間。もっと長い旅なら半月、ひと月、三ヶ月に半年。途中で死ぬ覚悟の旅なら一年、十年、二十年――契約してる犯罪集団が襲って来ても、これ見せれば一発で退散しちまうんだ。もっとお安くなら、回数券もある。最低一回から百回まで、こっちは一冊十ダラスだ。

「いりません」

「そう言わずに」

最大の問題は、やはり政治部長であった。

人を見る目がなくては商人などやっていけないが、どうやら徹底的に向いてない若いのが、

「野暮な打ち明け話ですが、おれの彼女が、〈辺境区〉のお偉いさんの愛人をやってましてね。いや、とんでもない助平親父なんだけど、顔は広い。そいつの名刺一枚ありゃ、公用品なら幾らでも調達できるっていう。どうです、これ？　百枚こしらえたとき、苦労して抜き取った十枚のうちの一枚っす。手に取って見て下さい。何せ、助平止まりならいいけど、思いっきりケチで、住民が陳情に来ると、娘か女房連れて来い。彼女らからひと晩がかりで話を聞くなんてヤローでね。おや、おっかねえ顔して。男としちゃ許せませんよねえ。そんなヤローの名前使

うのは業腹だけど、そこは得になるんだと割り切って、一枚どうっスか？　なに、ヤローにとっても罪滅ぼし、地獄へ行ったとき、おれは知らぬ間に徳を積んでいたのかって感謝しますぜ」

「ふむ」

「お、トイレ行って来たらどうっスか？　何かこらえてるみたいだ。大丈夫、待ってまス」

「耳を貸せ」

若いのは困惑したが、もう一度、貸せと言われて従った。

その顔がみるみる血の気を失い、表情というものが消え、彼はゆっくりと後じさりはじめた。

三メートルばかり離れてから後ろを向き、本物だ、とつぶやくや、信じられないスピードでロビーから走り去った。

係員の制服を着た女が、赤い円筒が何本も収まったカートを運んで来た。

「Q18の乗客の方——チケットをお見せ下さい。お昼が出ます」

「これはありがたい」

「やた！」

医師とマキが手を叩いた。

レストランは休業中だったのである。

ポッドは全長三十センチ、太さ十センチほどのプラスチック製で、五段に分かれていた。

トップがコーヒーで二段目は海老のビスク、三段目は牛ステーキと豆、四段目がサラダとパン、最後はケーキとチョコレートだった。

円筒の表面に溝（スリット）を走らせ、ナイフとフォークと箸が入れてある。

味は期待できないが、腹だけは満たされる。

「気の利く空港だな」

「ほんとよねー」

熱いビスクをふうふうやりながら平らげたとき、すすり泣きが湧き上がった。

少し離れたシートの上で、アクアと同い歳くらいの娘が、ぽろぽろ涙を流している。さっきから、小さく低く、歌を歌っていた少女であった。隣りの母親が肩を抱き、我慢しなさい、ミムちゃんと励ましたが、娘は泣きつづけた。

周囲の連中は、はた迷惑という表情を露骨に示しながら、そっぽを向くか、席を立っていく。

ヘイゼルが近寄って、どうなさいました？　と訊いた。

「あーあ、政治屋の投票稼ぎ」

とマキは毒づきたくなったが、出来なかった。娘の泣き声は、こんな場合思いつく理由のどれとも合致しない深い悲しみに満ちていたのだった。

「どうしたの？」

ヘイゼルの問いは直接、娘に向かった。母親は口ごもったきりなのだ。

マキが腹立つくらいに優しく包みこむような口調であった。

泣き声が熄んだ。

「ん？　どうしたの？」

少女は眼を拭って、

「あのね——あのね」

「はい」

マキはぐえ、と唸った。

「これから、パパのところへ行くのね。だから、パパの前でパパの好きなお歌を歌って喜んでもらおうと思ったの」

「………」

これはヘイゼル。

「………」

こちらはマキである。

「だから、ずうっと練習していたの」

「そうだったわね」

ヘイゼルは微笑した。それが娘に力を与えた。

「なのに、なのにね——」

鼻をつまらせ、また泣きじゃくった。ひとしきり泣くと、

「ミムね――覚えてたお歌をみんな忘れてしまったの」

「そんなはずないわ。きっと緊張してただけ。すぐに思い出すわ」

「ううん。駄目なの。あたし、病気なの」

「病気ィ？」

ヘイゼルより、マキがでかい声を張り上げた。

「何の病気よ？」

母親が割って入った。

「この子、緊張すると、その緊張の原因となることを忘れてしまうんです。しょっちゅうじゃないんですが――今日は父親に聞かせようって、とっても緊張して――」

「別の歌じゃ駄目なの？」

ヘイゼルの声はあくまでも優しい。

「パパがいちばん好きだった歌なの」

「お母さんは歌えないんですか？」

「札つきの音痴なんです」

「成程ね。もう一遍聞けば、忘れない？」

母子とヘイゼルが愕然と飛び入り――マキを見た。

「どうなのよ？　あたしの顔見たって埒はあかないわよ」

「きっと――ううん、絶対に大丈夫」

ミムが涙を拭き拭きうなずいた。

「一度きりよ」

とマキは少女にうなずいてみせた。

「うんっ」

「でも、うちの村の近所で歌われてるだけの歌ですよ。他所では誰も知りません。なのに――」

母親がおずおずと言った。

Q18の仲間以外、ロビーにいる人々はみな知らん顔だ。

「ちょっと入りが少ないわね」

マキは、にんまりと笑った。不敵な自信に満ちた笑みであった。

彼女は席を立ちもせず、咳払いもしなかった。

歌い慣れた歌を口ずさむように、メロディとリズムと手をつないだ言葉が、ひっそりと流れ出した。

かなしいときは　誰かに会ったことを　憶い出して

わたしじゃなくてもいいから
二つの靴音をききながら　わたしは夜明けを夢みてる
あなたから遠ざかる　いちばん電車
きっと冬ね
あなたが誰だか　忘れてしまったけれど
入って来て
わたしの知らない誰かさん

歌い終えたとき、みながマキを見つめていた。

Q18の仲間たちも、ミムという娘もその母親も、ヘイゼルも他の客たちも。

マキは喉を押さえ、軽く咳きこんだ。何をしたかはわかっていた。だから、詫びねばならなかった。ミムに言った。

「ごめんね。違う歌だったね」

娘は首を横にふった。

「でも――憶い出したよ」

母とヘイゼルがはっと顔を見合わせた。

二人の眼は、どうして？　と尋ねていた。

「全部、憶い出しちゃった。おばさん、ありがとう」

「お姐さんだよ、お姐さん」

苦々しく応じたとき、音が鳴った。拍手だった。

人のいるあらゆる場所から、それは聞こえた。彼女が成し遂げたことを、みんな知っているのだった。

「男で苦労しとるな」

とジーニアス医師が言った。

「余計なお世話よ」

「よしよし。誰かというのは彼氏だな」

「うるさいけど、そうよ」

「何処にいる？」

「刑務所――あっ⁉」

マキはそばにあった灰皿をひっ摑んだ。投げてやるとふりかぶったとき、

「ドナヒュ空港行き、ZF562便にご搭乗のお客様は、三番ゲートにおいで下さい」

女声アナウンスであった。

ミムと母親は立ち上がった。

「お父さん、きっと喜ぶわ」

とヘイゼルが声をかけた。

「ありがとうございます」

母親は無視して、マキは訊いてみた。

「お父さんは何処にいるの？」

「〈都〉」

「へえ、何処で何してるの？」

「刑務所で服役中」

ミムちゃんと母が咎めるように言って、マキとヘイゼルに一礼した。

「さよなら」

「さよなら」

手をつないで搭乗口へと去っていく二人を見送ってから、マキは大きく伸びをした。あちこちがぽきぽきと鳴った。

「なかなかやるな」

ジーニアスがそう声をかけ、ヘイゼルもやって来て、

「素敵でした」

と笑顔を見せた。

「断っとくけど、あたしの実力はあんなもンじゃないんだからね。いちいちうるさいよ。大事

なセンセーのところへ戻んなさい」

「はいはい」

わかってますよ、という言い方が気に食わなかった。

嬉しそうにヘイゼルがシートへ戻ると、

「オーディション——イケるかな」

つぶやきが自然にこぼれた。

それに対する回答のように、

「アクア⁉」

ジェニーの叫びは悲痛なものであった。

3

「どうした？」

ジーニアス医師も、ただならぬ気配を身にまとった。

「いないんです。マキさんの歌に聴き惚れて、ほんの何秒か眼を離した隙に」

「さっきの母子にくっついて、別の飛行体に乗っちゃったんじゃないの？　はっはっは」

笑い出したマキへ、さすがに、

「およしなさいな」

とヘイゼルが咎めた。これが発火点であった。

「あんたにおよしなさいなんて、言われたくないわよ。あんたね、肩にパッドの入った上衣を着て、〈都〉の言葉を発音してれば、誰でも信頼してくれると思ったら、大間違いだからね」

「ちょっと——それとこれとは」

「おんなじよ。今のあたしの言葉を、あんたのえらい雇い主が言ったら、止めやなんかしなかったでしょ」

「いいえ、止めました」

これ以上、女の喧嘩にかかずり合ってはいられないと思ったのか、ジーニアス医師が立ち上がった。

「あんたはここで待っておいで」

とジェニーに声をかけてから、腕組みをしているギャルストンへ、

「手分けして捜そう。あんたはこのビルの中を、わしは外を捜す」

「おっしゃ」

巨漢は腕をほどき、膝を叩いて立ち上がった。

「私も行きます」

ヘイゼルも立ち上がった。

「行ってらっしゃーい」

片手を上げてふり廻す酒場女へ、ジェニーは怒りの視線を当てた。

ロビーを出るとすぐ、スーツにソフト帽姿の男が、アクアに近づいた。

「よく来たね。私の声が聞こえたかね？」

「うん」

少年はうなずいた。顔に怯えはない。

「よろしい。では、これを持って戻りなさい」

アクアの眼の前で、二十センチほどの黒い紐が揺れた。紐にはおびただしい結び目がついていた。

「全部で十本——同じ飛行体の客に渡すんだ。それでこいつは、君のものさ」

紐の横に一本のチョコレート・バーが並んだ。


飛行体に公爵の柩が運びこまれるのを確かめてロビーへ戻ったDに、数分間の少年の行方不明について話して聞かせる者はいなかった。

三十分ほど経ってから、搭乗せよとのアナウンスがあり、みな席についた。黒地に青いストライプの入ったスーツ姿の男が新しい乗客であった。柩につく兵士もひとり増えていた。

離陸は2：00ＡＮであった。

次の目的地までは、四時間の旅である。

晴天だと空港で予報があり、乗客たちの間には穏和なムードが漂っていた。

当然、新参者は訝しい視線を浴びる。

「しかし、退屈だな」

とギャルストンが、空港の売店で買ったガムをくちゃくちゃやりながら、窓の外を眺めた。

「これでもやるか？」

ジーニアス医師が、結び目のついた紐を眼の前で触ってみせた。

「坊主は〝結び目ほどき〟と言いおった。賞金賭けてやってみるべ」

「オッケー」

マキが同じものをふった。

他の連中も、Ｄと新しい客を除いてＯＫした。

「やってみんか？」

と医師に声をかけられたが、二人とも断った。

「では――全員用意せい。3――2――1――開始っ！」

確かめてある何人かは気にしなかったが、はじめてほぐす連中はその固さに眉をひそめた。

あちこちで、うーむ、きついの声が上がったが、彼らは作業をやめなかった。

マキやギャルストンのように血の気が多いのは血相変えても当然として、ジェニーやヘイゼルまでが、怒りといってもいい顔つきで小さな粒に挑んでいるのは、不思議を通り越して奇怪でさえあった。

Dは——シートにもたれて眼を閉じていた。彼らの行動に気づいているのかもわからない。

その膝の上に、同じ紐が放られた。向いのシートの新参者である。

「いかがです？」

と彼はうす笑いを含んで訊いた。

Dの眼が開いた。瞳が紐を映した。

まさか——それを摑むとは。

少しの間、それを眺め、Dはいちばん上の結び目をほどきはじめた。

「本来は貴族の眼醒めを防ぐため、柩に入れられる紐だ」

新しい乗客は笑みを深くして言った。

〈辺境区〉では、これを「結び玉」とも「玉紐」とも呼ぶ。

貴族を滅ぼさず永久に柩に封じこめる方法は、人間たちの悲願の極みであった。

何度も調査団が結成され、遙か〈辺境区〉の奥地にある廃墟の図書館や資料倉庫に派遣された。

人々に幸いしたのは、貴族の多くが、電子データの他に、紙資料も好んで遺したことであった。

主なき古城の書庫で、人々は貴族に関する〝伝説〟を読み、逸話に眼を通した。

その結果、手に入れた知識が、後の大反抗につながったとされる。

幾つか発見され、実証を経て有効と認められたひとつが、この「紐」であった。

長い長い紐に百以上の結び目をつけて貴族の柩に封じると、夕暮れ近くに眼を醒ました貴族は――理由はなお不明のまま――紐を手に取って、結び目をほどきはじめる。そして、最後のひとつをほどくまで、時間を忘れて柩内に留まり、ついに夜明けを告げる鶏の声を聞くのであった。

「だが、逆行の法を使えば、効果は人間にも及ぶ。何よりも、貴族の血を引く者――ダンピールには特に」

彼は懸命に玉紐に挑むアクアを見つめた。

凝視の気配に気づいたか、アクアは顔を上げて男を見つめた。

「公爵の柩にも入れろ」

男はほとんど唇を動かさずに告げた。

うなずいて立ち上がったアクアに誰も気がつかなかった。母親すら玉ほどきに夢中なのである。

アクアは貨物室の前まで行くと、ドア前の兵士に紐を手渡した。

二分後、扉を開けて内部（なか）へ入った。

柩の見張り役が、

「何だ？」

子供といえど容赦はせんぞという声を出したが、何処かに優しさを含んでいた。

アクアが紐を差し出した。

一分後、スーツを着た影が、戸口を黒く切り抜けた。

夢中でほどきに没頭する兵士をちらと見て、

「箱に入れて閉じれば、公爵といえど無視は出来ぬ。そして、彼が内側（なか）から開かぬ限り、柩は永久に開（あ）かぬ」

彼はスーツの内側から幾重にも折り畳んだ紐の束を取り出した。

「確かめておくか」

紐をひとふりすると、てっぺんの結び目がほどかれた。同時に、下方の結び目がすり上がって来たのである。

男はうなずいた。

「先の結び目がほどければ、下から順送りになって、いちばん最後にまた結び目が出来る。ほどくスピードには差があって、ハイランド公爵ならば、数秒で百をほどいてしまうだろう。念のため、これだけを用意した。結び目は一万——夜が訪れるたびに、いつまでも終わらぬ子供の遊びにふけるがいい」

彼はアクアを押しのけ、紐束で蓋を叩いた。

公爵はまだ眠っている。

それなのに、蓋のロックが外れる音がしたのである。

蓋はゆっくりと開いた。

その中に男が紐束を乗せようとした刹那、

「そこまでだ」

戸口から声がしたのである。

愕然とふり向きつつ、男は貴族封じの紐を投げつけた。聞き違うはずもない美しい、鋼の声であった。

その紐束を一刀の下に両断し、Dは男との距離を詰めた。

「やめろ！」

男が叫びつつ、両手で顔と胴を覆った。

鈍い音をたてて両手が肘から宙へ躍る。のみならず、男の頭頂から股間まで一閃の両断は、その内部を露呈させた。

男の体内に内臓はなかった。尋常な内臓は。そこに詰まっていたのは、おびただしい紐であった。

左右に裂けていく顔が声を合わせた。

「この世の中に……『結び玉』の効かぬ貴族の血があるのか……何故だ？」

「人の血も濃いのでな」

嗄れ声が笑った。

「もう飽きたそうじゃ」

「……それならば……」

男の声は喘鳴であった。

「私は死ぬが、内部のものは道連れを要求する。止められるか、Dよ？」

そして彼は二つになって床に転がった。

二すじの光が走った。兵士と——アクアの手から紐は消滅した。上半分が吹っとび、驚きのあまり残る下半分を落としたのである。

「ここから出ろ」

Dは男の死骸から、ふくれ上がる塊を見ていた。玉が——否、無数の瘤が付着した紐状生命体と呼ぶのがふさわしいに違いない。

それは妖しく絡み合い、十本が百本に、百本が千本に増殖して、貨物室を埋めていくのだった。

戸口を出て、Dは扉を閉めた。

みな結び目に夢中だ。

「ど、どうしましょう？」

正気に戻った兵士が眼の色を変えた。

「二人で紐を奪い取れ」

「はっ」

扉がきしんだ。

内部のものが外へ出ようとしているのだ。

「高度を下げろ」

操縦室に向かって叫んだ。

「え？」

「貨物室に妖物がいる。落下地点が特定できる高さまで降下し、柩ごと飛行体外へ放出しろ」

「そんな無茶な――この速さで、落下地点の特定なんか不可能だ！」

「おれも降りる」

とDは言った。このとき、他の者は兵たちに紐を奪われ、狂熱から一転放心状態に陥っていたが、それが凍りついたような正気の眼差しをDに向けたのである。

――この若いダンピールは、秒速三百メートル超の物体からとび下りて、何かをするつもりか⁉

「後で回収しに来い。合図をする」

言うなり、Dはきしむドアへと向かった。

すでにきしみばかりか、客室へとそり返りはじめたドアの前に立って、

「外から開けられるな――開け」

飛行体が大きく揺れた。貨物室の床が開いたのである。バランスを失った飛行体をパイロットは必死に正常飛行に戻そうと奮戦する。

「何かに摑まれ！」

叫んで、Dはもう正常に戻った扉のノブに手をかけて押した。

ごお、と風が塊で押し寄せる。

一瞬、立ちすくんだ身体が、どう調整をつけたのか、するりと内部へ滑りこんだ。扉が閉じた。それから生じる猛烈な錐揉み状態を、彼は意に介していなかったのかも知れない。

柩と奇怪な生物の他にも貨物はある。それが点々と宙を舞い、流される中を、Dもまた黒い流れ星のように地上へと流れ落ちていった。

その日の夕刻近く、幾つかの爆発音を耳にした農夫たちが、勘を頼りにその地点を訪れ、擂鉢状の窪みの底に、柩らしいものを発見した。深さ約六メートルの底である。

調べてみると、周囲にも同様の窪みがあり、荷物らしいものが散乱していた。

「飛行体が落っことしたものだ」

と老人が言い、みなも同じ思いであった。

〈辺境〉では、隕石がよく落ちる。時としてそれはかなりの値段で〈都〉の好事家に引き取られるのであった。そのため、彼らは牛車にロープやシャベルを積みこんでいた。

荷物の中身は原形も留めず、持ち帰って金になりそうなものは、その柩しかなかったが、何故か手をつけるのはばかられた。柩から漂う妖気に打たれたのである。

「どうする？」

声に農夫が嚙みついた。

「どうするったって、これしか金目のもんはねえんだ。掘り出すだよ。そして、ダム作るだ」

それは村人全員の悲願であった。冬の雪解けと同時に、村は洪水に襲われる。それを防ぐには、村の上にダムを作るしかないのだ。

「さ、みなやるべ」

六人の農夫のうち、若い二人――リベラとアーナンが各々ロープを巻いて、シャベルを手に穴の底に下りた。

恐る恐る表面に手を触れ、熱を持っていないのを確かめ、周りの土砂を掘りはじめた。

十分とかからず、柩は全体を露わにした。

「こりゃ、やっぱり柩だで」

リベラが汗を拭き拭き言った。アーナンもうなずいた。

「貴族のもんだべや。こら、高く売る前に、役人に没収されちまうべ」

「阿呆、役人相手に吹っかけるだよ」

柩にロープを巻き、二人して、

「上げろ」

と声をかけた。

柩は上昇していった。

上がり切ると、またロープが投げ落とされ、二人はそれを巻いた。

「よっしゃ」

リベラが声をかけた。

ロープが引かれた。

二人も傾斜面に足をかけて昇っていく。

「ん?」

ロープが止まった。あと一メートルもない。

「何だ?」

「わからねえ」

呼んでも返事はない。

ロープは固定されている。自力で昇れないことはなかった。

耳を澄ませたが、何も聞こえない。

「どうする?」

とアーナン。

「昇るしかねえべ」

リベラは穴の底を見つめた。柩の穴だけが残っている。

何かがそこで始まったのだと思った。それは穴の上にまで広がり、仲間たちをどうにかしてしまい、二人がやって来るのを待っている。

「行くど」

「おいよ」

靴先に力を込めて、二人は昇りはじめた。

穴の縁まで来た。

揃って眼まで上げた。

「ひっ」

呑みこんだ悲鳴が食道を逆流し、胃ではなく心臓を直撃した。岩のように重い。

穴の縁には篝火(かがりび)が焚いてあったので、地上の光景はよく見えた。

第七章　混沌飛行

1

小さな炎の向うで蠢いているものは、紐の大群であった。数千、数万の結び目が瘤のようにくっついた紐が、触手か回虫のように絡み合い、うねくり、のたうち廻っている——その中から、仲間たちの手足が突き出ているのを見て、二人は失神しかけた。しなかったのは、その紐の群れが彼らに気づいたように動きを止め、こちらに向かって来たからだ。

柩もない。呑みこまれてしまったのだ。

「ひええ」

二人はロープを放した。

身体は宙に浮いて止まった。

血が凍ったその瞬間、二人は斜面に仰向けに倒れ、底まで滑り落ちた。ロープが自由になったのだ。

だが——見よ。

穴の縁からせり出した紐は、みるみる斜面へとこぼれ、雪崩（なだれ）落ちて来たではないか⁉

「ひええ、おしまいだあ」

絶叫するリベラへ、

「阿呆。ここでおれたちまでやられたら、ダムはどうなるだ？　村はまた洪水にやられる。おれの娘もおめえの両親も、そうやって死んだ。おれはどうしても、あいつらにあの世で笑ってもらいてえ」

「でもよ——ど、どうすっだ？」

「おめえ逃げろ。おれが食い止める」

感動の色がリベラの顔をかすめたが、周りへ眼をやった途端に、それは絶望に変わった。

「囲まれてる。もう駄目だあ」

現実に、蠢きのたうつ紐の先は、二人の足下まで迫っていたのである。

それが、不意に止まった。

「そのまま動くな」

声が降って来た。発した者が誰であれ、これで助かったと、心底思える声であった。二人の心臓は正常に脈を打ちはじめた。

声の方を見た。

前方、やや右の穴の縁に、松明を点した黒いコート姿が立っていた。

炎のせいで顔は見えなかったが、それは何もかも投げうって、すがりつくに足る存在であった。

何よりも、汚怪なものどもが彼を見上げている。はっきりと怯えている。それは、闇天より降臨した魔神を崇める異形の信徒の群れのように見えた。

「静かに立って、傾斜を昇れ。そいつらの中を突っ切るのだ」

二人の胸の奥でよく知っている存在が悲鳴を上げた。だが、二人は立ち上がり、傾斜へと進んだ。あの人影が守ってくれる——信頼と確信が血管を熱く渡っていった。

不気味な物体の中を彼らが去ると、影の左手が、ダムか、とつぶやいた。

「さて、こいつらの動きは、この松明の炎で止めた。まさか、この土地が化物紐の伝説発祥の地だとは思いもよらなんだ。それを防ぐ術が、あの寺の廃墟に残っていたとはな。坊さんに感謝すべきじゃぞ」

松明が揺れた。

その光の範囲内に浸かった生物たちは、怖ろしげに身じろぎした。

Dが落下した地点と、そこにいた人物の知識と現実に残存する〝武器〟が、いまの結果を導き出すとは、想像もつかぬ奇蹟であった。

Ｄは顔をやや右斜め上に向けた。

爆音だ。Ｑ18がやって来たのだった。

「では、目印をつけるかの」

左手が松明を放った。

まるで油に漬けられてでもいるかのような猛火の中で、紐の上げた悲鳴はＱ18には届かなかったが、断末魔の炎ははっきりと見えた。

「あれだ」

パイロットは安堵の息を吐いたが、それはたちまち次の心配に変わった。

「滑走路なんかねえしな。どう救出するか」

森と山の里である。

「空港まで飛んで、人をやるか」

背後で声がした。

「その必要はない」

「え？」

公爵が立っていた。

は、は？　としか出ないパイロットへ、

「Dと話した。飛行体には貨物運搬用のロープとフックが積んであるな？」

「お、おお」

「ロープの長さは？」

「百メートル」

「では、地上百メートルまで降下し、フックでおれの柩を引っかけろ。おまえなら出来るはずだ」

「お、おお」

「滑空を頼んだぞ」

こう言ってパイロットの肩をひとつ叩いた。

パイロットがふり返ると公爵は消えていた。

こらどうしたものか、とパイロットは考えた。

地上百メートルまで降下するには、ゆるい角度で長い距離を稼がなければならない。それはパイロット用の特殊訓練を受けた自分の視力で可能としても、乗客たちに知らせたものかどうか。あの政治屋が反対の声を上げるのはわかり切っているし、あの母子だって、少なくとも母親の方が賛成するはずはない。あの酒場女も黙ってはいないだろう。

ここはひとつ、肝の据わっているドクターにみなを説得してもらうとするか。

彼はジーニアス医師を呼んだ。

「何じゃい？」

事情を打ち明けた途端、彼は失神した。

「ちょっと、どうしたの？」

音を聞きつけて、マキがやって来た。

「いや、その」

説明を繰り返すと、酒場女は吹き出した。

「人は見かけによらないわねえ。ドクターってば、だらしのない」

マキは胸を叩いた。

「みんな、そろそろ気がついてるわよ。あたしに任しときな」

「よし、頼むぜ。お、下にもう一ヶ所、でかいのが点ったな。じゃあ行くぞ」

「やめて下さい」

ドアのところで、何もかも聞いていたらしいジェニーが、小さな火薬銃の銃口をこちらへ向けていた。この女も護身用の武器を持っていたのである。

「そんな危険なこと――絶対にさせないわ。あたしもアクアも、生きてここから下りるのよ」

「わかってる。安心してくれ」

パイロットは操縦桿を叩いて保証した。

「いえ、駄目よ。それにあんな貴族の寝台、ない方があたしたちのためよ。あれがある限り、危険はあたしたちを放したりしないわ。あたしは生きて帰りたいのよ」

「それはみな同じよ」

マキは母親を睨みつけた。

「でもさ、一応契約したんだから、〈北部〉まで持ってかなきゃ駄目だろう。おれは立場上、放っておけないんだ」

パイロットは焦りを隠さなかった。

「何と言われても駄目よ」

ジェニーの短銃は揺れていたが、十分にパイロットの身体に命中する許容範囲だった。憑かれたような眼をしていた。

「ねえ」

マキが呼びかけた瞬間、小さな爆発音が弾けた。

パイロットの右肩に小さな射入孔が開き、彼はのけぞった。

「この莫迦女！」

マキがジェニーの右手に摑みかかって拳銃を奪い取った。ジェニーは抵抗しなかった。

「生き残りたいくせに、パイロットを射ってどうするのよ⁉　ちょっと誰か来て！」

ギャルストンとヘイゼルがとんで来た。

茫然自失のジェニーを預けて、マキはジーニアス医師を揺り起こした。

「申し訳ない。子供のときに、森のネジレヤリノキから落ちて以来、墜落話には弱くてな」

マキは手短に状況を説明し、パイロットの手当てを依頼した。

すぐに取りかかって、

「弾丸はまだ体内に留まっておる。取り出すには操縦を中断して手術せにゃならんが、それは無理だ。痛み止めを射つと、まともに操縦が出来なくなるし――うーむ」

「抜くのに何分かかる？　抜くだけだ」

「それなら五分もあればよかろう」

「消毒と傷口を塞ぐ時間を入れて十分でやってくれ。その間にひと廻りしてから、引っかけにいく」

「しかし、いったん麻酔をかけると、切れるまで眠りっ放しだぞ」

「麻酔なしだ」

「何ィ？」

と医師が眼を剝き、マキは、

「あんた、マゾ？」

顔中を歪めた。

「そうしないと右手が使えねえ。微妙な操作だ。他人には任せられん。放っておけば、ますます遅れるばかりだ。こっちの都合で悪いが、クビになっちまう」

「あの子に手伝ってもらうわけにはいかんしな」

医師は恨みがましい眼つきになって、

「よし、やるぞ」

と言った。

「一回勝負だ。余計なことはするな」

「したくとも出来んわい」

それから闇空を行く鳥の中で、凄まじい手術が行われた。

メスを加熱機(ライター)で焙り、直に肉を裂く。パイロットはハンカチを咥えて悲鳴をこらえた。飛行体が正常に飛行を続けたのは、むしろ奇蹟である。

弾丸が抜けた瞬間、ふっと気が遠くなった。

すぐに気がついたつもりだが、時間が経っていたらしい。片方の操縦桿をアクアが握っていた。

「助かった。もう大丈夫だ。感謝するよ」

「続けます」

「いや、もういいんだ。自分の仕事は自分で片づけなくちゃな。生きてる間は」

「どうして？　誰かの力を借りれば楽になるのに」

「そうはいかねえのさ。特に子供の力は借りられねえ」

「わかりません」

「じきにわかるよ。おれくらいの年齢（とし）になったらな」

「そういうことよ。はい、席へ戻って。これから生命懸けの低空飛行よ。何と地上百メートル」

おどけるマキを、

「よさねえか」

怒りのひと言で沈黙させ、パイロットは位置と高度を確かめた。

「公爵さんよ、そばにいたらDに伝えてくれ。あと三分後に南南西五百五十メートルから降下に移るってな」

「承知した」

すぐ後ろで当人の声が聞こえ、また肩を叩かれた。

「よろしく頼む」

ひと呼吸（いき）おいて、

「まだ――いるか？」

「いいえ」

マキの返事も驚きのせいか虚ろだった。

「神出鬼没というか、油断も隙もねえ野郎だ。ひょっとして――面白がってやがるのか？」

「同感じゃ」

ジーニアス医師である。

「とにかく席（シート）につけ」

パイロットは声を張り上げた。操縦桿を固く握っただけで、ずきんと傷が疼いた。

低空飛行に入った。

生命懸けなのはもう全員が知っている。

パイロットが叫んだ。

「姐ちゃん——一曲やれ」

「マキよ——オッケー」

ちょっと考え、マキは片手をふりながら声を張り上げた。

今日いちにちで　貴族を殺し
三百余日は　寝て暮らす
あーヨイヨイ

貴族貴族と　気楽に言うが
あいつら　爪ある牙もある

墓を暴けば　大宇宙
お家に帰って　寝たくなる

全員の合唱になった。

こりゃDには聞かせられねーなと、パイロットは熱で燃えるような頭を抱えたくなった。

2

柩とDの捕獲は成功した。

高度百から二百までゆっくりと速度を上げ、一万まで急上昇して、水平飛行に移った。

事情を聞いて、Dはパイロットのところへ行き、

「大したものだ」

と言った。

「よしてくれ」

パイロットは悪戯っぽく笑って、

「歌のお蔭だよ」

「どんな歌だ」

「何でもないわよ」

マキが欠伸をしてみせた。大欠伸であった。

「ところで、公爵が出て来たけど、柩の中にいるの？」

Dはうなずいた。

「よくわかんないわねえ。夜になって出入り自由なら、さっさと逃げちゃえばいいじゃーん」

「あれは幽体じゃ」

いきなり嗄れ声になったので、みなひっくり返った。

声は平然と左手のあたりから、

「本体は柩の中にいる。こちらから触れても通り抜けてしまうのが幽体だ」

「でも、パイロットの肩を叩いとったぞ」

ジーニアス医師が首をかしげた。

「幽体の方から触れることは出来るのじゃよ。それも限度があって、せいぜい、握手したりが限度かの。首を絞められた奴がいて、青黒い痣が残ったが、生命に別状はなかったそうじゃ」

「それにしたって」

なおゴネるマキへ、

「そもそも奴ほどの大貴族が、人間に捕縛されるということ自体がおかしいのじゃ。しかも、柩に入って夜も出ようとはせん。実に潔い」

「何か企んでるんじゃないの？」

　マキが唇を歪めた。

「そもそも、何で同類に生命を狙われるのよ？」

「公にされたくない事実があるのじゃろうて」

「むむ、秘密ね。たとえば――」

「不老不死」

　と応じたのは、ジーニアス医師であった。

「一部の人間が、積極的に貴族と関係を持とうとする理由はこれだ。わしらは子供の頃から呪われた宿命――汚らわしいものだと教えこまれて来たが、そうと思わぬ罰あたりどもも多い。阿呆な話じゃ。そんなに不老不死が欲しいなら、一回貴族に血を吸ってもらえば手に入る。ところが、奴らは人間としての自分を保持したまま、そういう身になりたいと画策しよる。中には〈神祖〉に直接取り引きを申しこんだ奴もいると聞く」

「そいつは誰だ？」

　低空飛行と急上昇の気圧変化のせいか、青い顔でシートに腰を下ろしていたギャルストンが、弱々しく喚いた。

「そんな、人間の風上にもおけぬ奴は、わしが議会で糾弾してくれる。親兄弟――いいや一族入牢だ」

「一万年も昔の話じゃよ」

政治部長は沈黙した。それから何とかカッコつけようと考えたものか、

「一万年前でも、糾弾の手をゆるめてはならん。万にひとつでも、そいつが上手くやったらどうするつもりだ？」

高々と言い放ってから、彼は、あれ？　という表情になって、周囲を見廻した。

はじめて見る人々がそこにいた。

顔も名前もわかっている。だが、別人だ。酒場女も老医師も切なげな母子も彼の秘書も、こんな眼つきや表情は浮かべないだろう。

何かを欲しがっている。

息が荒い。涎を垂らしそうなその顔は、ひどく卑しく見えた。

「誰が手に入れたの？」

最初に言ったのはジェニーだった。

「あたしも欲しい。人間のまま貴族と同じになれる秘密が」

「私もです」

ヘイゼルが雇い主に近づいて来た。

「その人の名前や住いをご存知なのですか？　教えて下さい」

ギャルストンの両肩を摑んで激しくゆすった。憑かれた者の眼であった。その手首を摑んで

もぎ放し、

「正気に戻れ、愚か者」

とギャルストンは喚いた。

「なんちゅう浅ましい面をしておる？　鏡を見ろ」

「知っているなら、教えてくれ」

背後から抱きついて来た者がいる。ジーニアス医師であった。

「あたしにも」

左腕を摑んだ。マキだった。

「そんな奴は知らん。いま聞いた話だ」

「嘘」

と眼の前で、ヘイゼルが歯を剝いた。

「教えて下さい。下さらないと、ここで血を吸ってやる」

「莫迦者」

ギャルストンは拳をふり上げた。

その手を押さえた者がある。軽く触れただけなのに、骨まで痺れる冷気にギャルストンは愕然となった。

「我々は人間が永劫に無縁であるがゆえに、永遠（とこしえ）に憧憬するものを持っている。皮肉なことに、それを身につけるのは簡単だ。しかし、人間にはそれが出来ん。その代わり、人間は我々がいかにしても手に入れることが出来ぬ資質を持っておる。種の繁栄という資質をな」

　公爵を見つめる者たちは、残らず不死者(アンデッド)の弁舌に酔っていた。不老不死——それは彼らがこと切れるその日まで、手に入らぬ憧憬であり続けるだろう。

「——この問題を考えるたびに、おれは笑わずにはいられない。望むものが簡単に手に入るのに、おまえたちはなぜそうなることを怖れるのだ？　貴族となるのは嫌だが不老不死だけは手に入れたい。虫がよすぎるとはこのことだ。Dよ、そうは思わぬか？」

　Dが返事をすれば興味津々たるものであったろうが、最初から期待していなかったように、公爵は言葉を続けた。

「ここにいるのは、そういう連中だ。そして、この問題に、こ奴ら以上に真摯に取り組んだ貴族がひとりいた。おれはその方に選ばれ、人間どものいう大殺戮に加担したのだ。あの、果てしなく見続ける夢のような壮大で虚しい実験にな。だが、おれが加わったものはすべて失敗した。おれと同じく選ばれた者たち——ユン・リー大公とギリラーナ男爵は、あくまでも継続を主張したが、おれはもう疲れていた。それに、人間たちが憐れでもあった。実験に供された人間の中には、単に我々の餌でしかない連中、我々に怯えながら一生を送るしかない連中も数多くいたのだ。彼らは泣き叫び、手近なものにすがりつきながら、実験の場に運ばれた。おれが、おとなしく人間に捕縛されたのみならず、脱出もせずに送られていく理由はこれよ」

「疲れたと言ったか？」

独り言のような声はＤである。

「そうだ。おまえならわかるかも知れぬな。不老不死の最大の敵は、これよ。退屈と呼ぶ者もいるが」

人々は顔を見合わせ、Ｄは虚空をみつめた。

「狙われる理由は？」

「おれの知識の人間界への流出よ。実験は失敗したが、そこから派生したささやかな技術でも、人間にとっては途方もない価値を持つ。彼らの世界を破壊しかねぬほどのな。そうなれば困るのは貴族だ。あの不味い人造血液を果てしなく飲み続けることになる。いつまでだ？　死ぬまでよ――これも笑わずにはいられぬぞ」

「それだけか？」

公爵は笑いを止めて、

「他にあると思うのか？」

「いまの理由だけで奴らがおまえを襲うとは考えにくい。貴族の知識が人間に漏れても、現実に応用することが出来るかどうか。これまでの例ではことごとく失敗している。人間には理解できぬのだ」

「半分人間が、それを言ってはまずかろう」

公爵は短く笑ってから、

「ギリラーナとユン・リーは人間とつるんでいた。問題はそのあたりかも知れぬ」

「フィット・モルゲン」

Dが口にした。

「そんな名前の奴もいたな」

と左手が呆れた。

うおっ⁉　という叫びが上がったのは、そのときだ。

全員の視線の先に、ジーニアス医師が青ざめた顔を丸窓に向けていた。

「どうしたの？」

と訊くマキへ、何とも不気味そうな表情で、

「窓の外に誰かいた」

と言った。

それを笑うような状況ではない。

全員がとびこむように手近の窓を覗きこんだ。

「いないわね」

「いませんわ」

これはヘイゼルだ。

「何も見えんぞ。幻覚を見るような医者では、おしまいだな」

「何が見えたの？」

アクアであった。大人どもは恐怖百パーセントだが、少年だけは半分好奇心である。

「こう何か、豚みたいな顔をした奴だ。羊の毛皮みたいな上衣を着ておった」

「グレムリンですわ」

ヘイゼルが確信を込めて言った。

貴族が放った空の魔物の代表だ。

単独、乃至（ないし）複数で飛行体に襲いかかり、エンジンの中に飛びこんで停止させるは、方向舵をもぎ取ったり、はなはだしい場合は、主翼を剝がしたりする。

医師が目撃した分は、幸い一匹だけらしい。

全員の眼がすがるようにDに集中した。

「一ダラスにもならぬのに大変だな」

と公爵の幻が笑ってDの肩を叩いた。

「ま、しっかりやれ」

ガク、と飛行体が右に揺れた。

わわわとシートにすがりつく人々の顔は死相に近い。

Dは医師に視線を当てた。

「グレムリンは不死身だ。唯一の欠点は、狙った飛行体の内部の何処かに、自分の姿を刻印しなくてはならぬことだ。おれが戦っている間に、それを捜して消せ」

こう言って、Ｄが銃座へ上がった。

凄まじい風圧を物ともせず銃座から外へ出た。

猛風の中で平然と立ち上がった。

左手が、ごおごおと鳴っていた。Ｄにぶつかる寸前に風を吸いこんでいるのだ。この恐るべき能力によって、彼はいかなる猛風の中でも、二本足の歩行が可能だ。苦労するのは左手のみである。

闇の中で、彼は尾翼のつけ根にうずくまる、ずんぐりした影を見て取った。

「とても空の魔性とは思えぬな。確かに豚じゃ」

左手は、はっはっはと笑った。

「気球と風船」

とＤが言った。

「成程、水中の河豚（ふぐ）と河馬（かば）か。はーっはっはっは」

嘲笑が届いたのかどうか、赤い光が二つ点った。グレムリンの怒りの眼光であった。

その身体が、ふわ、と宙に浮いた。

風の影響など無きがごとくに、Ｄへと跳躍した。

白光がそれを薙いだ刹那、かき消えた。

そして、Ｄの背後に！

薙いだ刀身を逆手に変えるや、Ｄは腋の下から背中へ刺し通した。

手ごたえはなかった。

敵は前方に現われた。

「刃風に乗るか」

左手の声には感嘆の響きがあった。

空の魔性の秘密はこれか。

豚に似た妖物は、吹きつける風に乗って、襲いかかる物体からも遠ざかることが出来るのだ。

風船を叩こうとすれば、その手の起こした風によって流れ去り、手は触れ得ない。

ただし、それも意志の力によることは、飛行体に取りついたことで明らかだ。

「これも不死身のひとつよな」

左手の笑いには、緊張が含まれていた。

3

飛行体内部では、全員総出で捜索が開始された。グレムリンのサインなど見た者はいないし、何処にあるのかもわからない。それこそ雲を摑むどころか、霧を叩きのめせというに等しい難事であったが、生命が懸かっているから、みな血眼である。天井、壁、床は勿論、シートの表面、ついには貨物室、操縦室にまで及んだ。

兵士は柩を底まで調べ抜き、マキと医師が、

「こら、出て来い。力を貸さんか」

「あんたも呉越同舟なんだからね。これが落ちたら、どっかーんよ」

と柩を蹴とばしても、反応はなかった。柩の窓も閉じられ、公爵の顔も見えない。

「よさんか、こいつは死なん。柩も壊れん。わしらが地上でバラバラになっても、夜を待てばいい」

「腹立つわねえ」

ちっ、と放ってマキはまた柩を蹴とばした。びくともしない。

「よしたまえ」

と兵士が割って入った。

何処かで小さく、ノックの音がした。

「柩よ」

マキが叫んで、柩に躍りかかった。

顔面部の蓋が半分まで開いた。

公爵は皮肉な笑みを浮かべている。

「何がおかしい⁉」

噛みつかんばかりのマキへ、公爵は顎をしゃくった。

「お捜しのものは、これだろう」

と言っても、二人にはわからない。

「グレムリンの印——蓋の裏に描いてある」

「そこから出なさいよ！」

「出てもいいが、入るのは大変だぞ。柩は別人を拒否する」

「消してくれ——頼む」

蛮声がみなをふり向かせた。

戸口から駆けこんで来たのは、ギャルストンであった。

「みなの生命が懸かってるんだ、頼む」

「点数稼ぎ」

低く罵るマキの横で、ジーニアス医師が、よさんかと言った。

「これは本物だ。心の底からの叫びだ。涙まで流しとる」

「相手は貴族よ。血は凍ってるし、人間なんか餌としか見てないんだからあ」

このとき、

「よかろう」

柩の中のものの返事は、一同を驚かせた。

柩の中で公爵の腕が器用に動いて、人さし指が蓋の裏側に触れた。

柩の中に何かがいるはずがない。だが、この瞬間、公爵の指に貼りついた塊があった。

血が飛んだ。公爵の指は食い切られていた。

柩の中からそいつはワン・ジャンプで飛び出し、兵士の喉笛に接着した。すぐに離れた。軌跡は赤い糸が示した。公爵の血であった。

悲鳴をひとつ上げて、兵士は仰向けに倒れた。首は真後ろを向いていた。

「何だ、こいつは⁉」

医師とマキが拳銃を向けた。医師の分はジェニーから奪った品である。

だが、彼らは引金(トリガー)を引くことが出来なかった。柩の中から、

「よせ」

と言ったのである。

「そいつは、護衛用のグレムリンだ。いま処分する」

そして、人々は見てはならないものを見た。

柩の蓋が開いて、公爵が立ち上がったのである。

「手を出すな」

貴族の声は、内部（なか）を圧した。

倒れた兵士の胸の上で、三十センチもないグレムリンが、牙を剝いた。矮人のようなその体軀が、どれほどのパワーを有しているかは、足下の兵士の死骸を見れば明らかだ。

だが、突然それは意志を根こそぎ引き抜かれた無害な生きものにすぎなくなった。

公爵の視線を浴びたのである。

「来い」

と彼は手招いた。敵の力を十二分に知悉（ちしつ）し、なお虫けら以下としか見ていない。

「これが、貴族か」

ジーニアス医師は息を呑んだ。


眼も開けていられぬはずの風圧の中で、Dはグレムリンを凝視していた。

次の跳躍が勝負だった。

敵からの焦りの念ははっきりと伝わって来たが、Dはこちらから攻撃をかけることに決めていた。

闇は薄まりつつあった。夜明けが近い。

妖物が、大きくのけぞるように尾翼にとびついた。

Dが追った。

破壊行為に到るには身体を固定しなくてはならない。その瞬間を狙ったのである。剝き出しの腹部は正しく豚のように滑らかで、一閃走った赤いすじと、そこから噴出する生血の鮮やかさは、美しささえ湛えていた。

異様な叫びを上げて、そいつは飛行体を離れた。致命傷には到っていない。

同時にDもバランスを崩した。不自然な姿勢からの一刀に、足が滑ったのである。

「うわわわ」

左手の声には恐怖が含まれていた。それは空中で花を咲かせた。風が二人を宙に舞わせた。

グレムリンの唇が歪んだ。笑ったのである。Dは前方にいるが、やがて落ちてしまう。この高度から落下して、貴族以外に助かるものなどいない。

Dは落ちなかった。

広がったコートが風を受け、調整し、彼を鋼の像のように動かさなかったのである。

黒い衣裳の広がりにグレムリンは、あるものを連想した。

巨大な黒い蝙蝠の翼を。

驚きから醒めたとき、それはグレムリンの眼前に迫っていた。

顔を両断されるまで、グレムリンはどうすることも出来なかった。

コートをなびかせながら、Dは飛行体に接近し、内部(なか)へ戻った。

客たちは彼を見つめ、それから、それまで見ていたものに返った。

床に倒れて灰と化していく、小さな危険な生きものに。

公爵はその眼光でそいつを金縛りにしてから、短剣でとどめを刺したのであった。それから、枢のところへ行って、グレムリンの印を消した。

Dの刃がグレムリンを縦に割ったのは、その瞬間であった。

「グレムリンの印はおれが消した」

と公爵は言った。Dが応じた。

「おれが奴を斬ったのは、その前だ」

鬼気が、人々を凍結させた。

公爵の全身が炎に包まれた――とは、それを幻視し得た客たちの認識だ。炎は天井高く噴き上がるや、Dめがけて押し寄せた。

「シートについて、ベルトを締めろ。天候は雨だ」

パイロットの声が、すべてを変えた。

Dはそこに立ち、公爵の姿は消えていた。

「幻覚だったの？」

マキが呆然とつぶやいた。ギャルストンが首をふり、

「いや、確かに実体だったぞ」

と言った。

「そういえば、影が薄くありませんでした？」

とジェニーが拳を口に当てた。

「そんなことないよ。ちゃんとあった」

とアクアが口をはさんだとき、

「あと約十分でザレイグッズ空港に着陸する」

パイロットの声が、論争に終止符を打った。


最後の着陸は、全く劇的な要素を欠いていた。

Dは真っ先に飛行体を降りた。乗客たちがどんな挨拶を交わし、これからどうするつもりなのか、興味のかけらもないのだった。

4：00M（モーニング）。

世界は土砂降りの天下であった。

空港を出て、隣接する馬屋へ入った。いちばんいいサイボーグ馬を買い、主人に人民大審問院への道を訊いた。

サイボーグ馬なら東南へ一時間。

「中央官庁の真ん中だよ」

主人は、毒でも呑んだような顔で言った。

二十分で到着した。この間、Dとサイボーグ馬を目撃した者の眼には、雨を白く打ち砕いて進む黒い影としか映らなかった。

Dは十階建ての人民大審問院より高いビルを捜した。「治安省」の建物が該当した。

正面から入り、恍惚と立ちすくむ男女を無視して、エレベーターで屋上へ上がった。

〈北部辺境区〉第二の都市たるここは、貴族が遺した建物をことごとく利用し、高みからの眺めは壮麗といっていい。

だが、雨の紗(しゃ)を透かして見れば、ビルその他の建物のあちこちから突き出した煤(すす)だらけのパイプからは黒煙が噴き出し、無理やりしつらえたようなアンテナは、物騒な火花をとばしている。

雨から滲み出る湿った空気は、石炭と石油の匂いから出来ていた。

「わかるかの？」

左手の問いに、

「中央審問堂の地下だ」

とDは答えた。

「三千メートル」

上げた数字に対する感情は、左手の声からは伝わって来なかった。

「暴走するのは簡単だが、食い止めるのは厄介だ。しかし、あんなものをよく放ったらかしに出来たものだ。しかも、それを見透かしていたように、ＯＳＢ（外宇宙生命体）めが、地中貫通弾を五千年後の今日にセットしていきおったとは。えーい、あいつめ、何故もっと早くに知らせんのだ。それも、わしらにではなく、この町の爆弾処理係に――言っても無駄か」

この町の地下三千メートルに眠る貴族の遺構は、ある実験に使用される途方もないエネルギーを賄うための宇宙供給システムであった。宇宙に存在するおびただしい銀河が誕生や死滅の際に放出するエネルギー、星々が移動する際に生じるエネルギー等を吸収し、変換装置で使用可能なものに変えて提供する――貴族がＯＳＢとの戦闘に勝利したのは、このシステムの力だったといえる。ＯＳＢは、それを可能にしていなかったのである。

だが、破壊工作なら出来る。たとえ五千年後でも。彼らが地下に放った破壊魔は、その年月を沈黙のうちに耐え、今日、〈北部辺境区〉全体を消滅させようとしているのであった。

それをＤに教えたのは何者か？

「すぐに片づけんといかんな」

左手の声に、今度はＤもうなずいた。

戻ろうとふり返ったとき、昇降口から十人近い男たちが屋上に散らばった。全員火薬長銃で武装した警備員であった。最前列のひとりが、

「動くな」

と威嚇してから、

「この町の人間じゃあないな。何者だ？」

「屋上へ来ただけだ」

とD。

「とにかく一緒に来てもらおう」

Dは構わず前へ出た。

「止まれ！」

叫んだときには、引金（トリガー）が引かれていた。

短銃とは比べものにならない腹に響く銃声は、小さな大砲のように聞こえた。

Dはいつ肩の一刀を抜いたのか？

どれほどの速さで弾丸を弾いたのか？

彼は散らばった警備員たちの間を巡った。信じられぬ速さと体さばきであった。

剣はさらに速く動いた。音もなく、首すじを打たれ、胸を突かれた連中は、立ったまま失神し、少ししてからぶっ倒れた。

Dは屋上を巡る柵の方へ歩いた。

足も止めず、ぶつかる寸前で床を蹴った。

鉄柵を越える身体は、黒塗りなのに途方もなく美しく見えた。風がコートを閃かせた。

五十メートル近くを石のように落ち、着地は音もなく決まった。
Dは誰にも追われず、次の目的地に向かった。

第八章　何故ここに？

1

人民大審問院へは、裏の塀を跳び越えて入った。

裏口のドアは鍵もかかっていなかった。

Dはこれもエレベーターで真っすぐ最下層へ下り、西の端にそびえる壁の前に立った。

抜き放った一刀を二メートルの高さに突き立てる。刀身はチーズでも切るように、半ばまで切りこんだ。そこから、あっという間に横にこれも二メートルほど切り裂き、正方形を作ると、無造作に引き抜いた。石壁は串刺し状態で抜けた。五メートルほど向うに、土の壁がそびえていた。凄まじい質量が伝わって来た。

Dはその中に踏みこみ、土壁に左手を密着させた。

二秒足らずで土壁は向う側へ崩壊した。道が続いていた。通路が出来上がったのだ。Dはその中へ足を踏み入れた。

五十メートルほど進むと、前方に竪穴が見えて来た。周囲は暗黒である。Dの眼だからこそ確認できたのだ。

猛烈な破壊の現場にDは立っていた。

天井からも壁からも鉄骨やシリンダーや巨大な歯車がせり出し、一本のポンプからは水が漏れている。貴族の施設たる証拠に、電子機器やそれに類するものは破片すら見当たらなかった。

「愛しい過去の再現は歯車とベルトか。アナクロどもめが」

左手が罵ったここは、無事だったエレベーターの内部である。白い光がDを包んだ。

Dが壁の一部に手を触れるやドアが閉じ、降下がはじまった。同時にドアが開いた。

到着したのだった。

エレベーター・ホールは、貴族が成し遂げた永遠に続く大文明の象徴に思われた。

白い光を放つ床と壁の下を、Dはホールの向いの壁に嵌めこまれた、それも白いドアに向かって歩いた。

あと一歩というところでドアは自然に開き、Dを迎え入れた。

それは得体の知れぬオブジェに囲まれた芸術家の部屋にしか見えなかったが、おびただしい数の手術台がそれを裏切っていた。あらゆる病の検診と治療をメカニズムが行う万能ポッド型のベッドではない。貴族が好む古風な寝台だ。

Dはその部屋も横切って、隅の階段を下りた。それは穏やかなカーブを三度も経験してから下の階に到着するもので、周囲は途方もなく巨大なドームやシリンダーを連ねたようなメカが作動中であった。

休みなく電磁波が躍り、あちこちの多重回廊や自走路に、人ともつかぬ影が滲んでいたが、はっきりとは確かめられなかった。

階段は途中で走路とぶつかる。乗り換えた。

到着したのは、これも巨大な空間で、あちこちにデスクならぬデスクや椅子とは思えぬ椅子が並ぶ間を、半透明の通路が縦横に走っていた。

Dが上昇走路に乗ったところを見ると、その先の何処かに目的の地があると思われた。

Dが下りたのは、その空間の頂きであった。

椅子がひとつあるきりだ。

Dは腰を下ろし、椅子の全機能が自身と同調するのを確かめた。

前方の空間を撫でるように左手を動かす。

球体二つをシリンダーでつなげたような形が浮かび上がった。

周囲は黒い土だ。この近くに沈んだＯＳＢの破壊弾に違いない。

だが、Dはどうやってこれを立体映像化できたのか？　彼には特別な血か遺伝子が存在するのだろうか。

「ＯＳＢの破壊システムの構造は比較的単純じゃが、長期に亘って作動するものは別じゃ」

左手がまた動いて、画像は内部構造図に変わった。絵ではない。実物だ。

「これは厄介な。五十万個もの防禦ロックが仕掛けてあるぞい。これを全部消去しなくてはならぬ。タイム・リミットは——」

笑いを含んで、

「——あと一分と少々。鴉の行水じゃな」

Ｄは右手も左手に並べた。

「しゃーない、やるか」

Ｄの指がかすんだ。凄まじい勢いで見えないキイを叩きはじめたのである。

「一万ロック、ダウン」

左手が宣言した。

「二万ロック、ダウン」

そして、

「五十万——ジャスト」

指の形が現われた。

「——あと〇・二五八秒。少々胆が縮んだわい」

左手が珍しくぼんやりした口調で言った。〇・三秒遅れたら、この地下施設もＤも彼も、否、

〈北部辺境区〉全体が地獄の炎と爆発に呑みこまれていたのだ。

　こうして、五千年に及ぶ破滅の恐怖は消滅した。所要時間は一分と二秒であった。

　Dは立ち上がった。

「どうする？」

　左手が訊いた。

「遺しておく必要もあるまい。人間は永劫に貴族の遺物を理解できん。消滅スイッチは入れた」

「もうやったのか？　気の早いやっちゃなあ」

　二人はもと来たルートを辿って地上へと出た。

　審問院の横の通りである。

　雨はなお降りしきり、地上に落ちた。Dの影もあるか無きかの薄さであった。

　かたわらを、表通りの方からやって来た母親と三、四歳の女の子が通りかかった。

　傘をさした母親の方は、ちら、とDを見た途端に真っ赤になったが、女の子の方は妙な表情になって、

「地震だよ、ママ」

　と言った。

　Dに見惚れた母親は答えない。

Dは黙って歩き出した。

女の子の判断が正しいのはわかっていた。

三千メートルの地の底で、人知れず造られた大構造物が、かすかな震えを名残りに崩壊していくのであった。

「ひとつは片づいたが、ユン・リー大公はまだ残っている。公爵を斃すまで諦めはせんぞ」

それから、皮肉っぽく笑って、

「偶然乗り合わせたのも、何かの縁じゃ。降りかかる剣難もやむを得ん、やむを得ん」


昼の間、Dは近くの廃屋に身を横たえた。貴族の血は昼の慰労を要求するのである。

二頭の野犬が入って来たのは昼下がりであった。両眼は飢えの赤光を放ち、乱杙牙(らんぐいば)を剝き出しにした口は、絶え間なく涎を吐き出し続けている。

黒衣の人影は、格好の獲物であった。

一跳躍で喉笛を咬み裂くのは造作もない。

だが、足は止まった。何か限りなく冷たくて暗いものが体内を吹き抜けたかのように、二頭は凍りついた。それでも、飢えの欲求は強力だった。消えかけていた赤光がふたたび点りはじめる。

獲物はそれを見たのだろうか。両眼が紅い。彼の瞳の色だ。

凶獣たちは舌を出して喘いだ。飢えの仕業ではない。彼らは心臓が止まりかけているのを意識した。呼吸は浅く速くなり、体内を巡る血は足踏みをはじめている。

数秒後には背を向けた。いかに凄まじい飢えに苛まれていても、この獲物には何の未練もなかった。生命が惜しい。最も強い本能の成せる業であった。

Dの眼にもう光はなかった。

一時間ほどで開いた。

「来たぞ」

と嗄れ声が言った。

Dは立ち上がった。

陽はまだ高いが、雨、雨、雨が、空気を煙らせていた。

日暮れまでは貴族のための殺戮時間〝赤いお茶〟だ。

外へ出た。

通りには人が絶えている。

雨が全身で弾けた。Dは左の手の平を上に向けていた。

「さてと、ユン・リーめは何処じゃ何処じゃ？　ま、ぶらついているうちに向うから出向いて来るか」

五分ほど通りを歩いた。居並ぶビルの窓に明りが点り、人影も動いているだけに、無人の通りは荒涼の極みに見えた。

不意に凄まじい冷気が生じた。

「うお⁉」

と呻いた左手の指も甲もみるみる色を失い、あろうことか、Dの全身もまた同じ。旅人帽(トラベラーズ・ハット)のひさしに、きらきらした光る珠が結ばれはじめた。

Dのみではない。通りも建物も駐車中の馬車も、突然の花氷と化しているではないか。

白い大通りを橇(そり)付きの燃料(エンジン)馬車が滑って来て、Dの道と交差する地点で止まった。

暖房服に身を固めた男たちが五人、ガス式の杭射ち銃を手に近づいて来た。

「けけ、カチカチだぜ」

ひとりが、マスクの下で笑った。

「気象調整衛星をいじくれば、ざっとこんなもんだ。こいつの飛行中は、メンテのせいで使えなかったそうだがな。おい、早いところ」

「よっしゃあ」

五人はDの前に扇型に並び、武器を肩づけした。

引金(トリガー)に指をかける。

それを引き切るまでの間に、男たちは見た。

Dの全身を覆った薄ら氷が消え去るのを。

抜き打ちで三本の杭を弾きとばし、一本を左手で摑み取るや、先頭の男の鳩尾にぶつけて吹きとばし、Dは二歩前に出た。

立ちすくむ四人の首を横薙ぎに一刀——どれも血の尾を引きながら空中へ躍り上がって落ちた。白霜は血に染まった。

三メートルも向うに吹きとんだ最初の男にDは近づき、

「雇い主は誰だ？」

と訊いた。左手の平が、何かが燃えるような音をたてている。

「し、知らねえ」

ひっくり返った男の声は、死者の声そのものであった。鳩尾に叩きつけられた杭の成果であった。

笛の音のような細い息を洩らす。

「誰だ？」

とDはまた訊いた。

答えなければ死だ、と男は悟った。

「それは——」

男の口は確かに動いたのだ。

Dの身体が凄まじい勢いでとんぼを切るや、二転、三転――右の石塀の上に舞い上がっていた。

その下で、男の身体は、がさりと白い道の上に砕け落ちた。骨の周囲に塵が舞った。冷気のせいではない。不意に朽ちてしまったのだ。

「ほう、避けたか」

Dは気づいていたろうが、男たちの橇付き馬車のそばに、四頭立てのこちらは絢爛たる彫刻を施した黒馬車が止まっていた。だが、いつ来たものか。Dすらその轍の音を聞かなかったのである。それは最初からそこにあったかのごとく、忽然と姿を現わしたのであった。

御者台に人はいない。声は馬車の中の者が放ったのだ。

「おれの〝死眼〟でひと睨みされたら、誰でもその男のようになる。――Dか？」

「そうだ」

「おれはライゼンロー。六道士だ。冥土でサタナスに聞かせるがいい。おまえを殺した男だと、な」

馬車の窓の隅に黄金の光が点った。

寸前にDは塀からその内側へととび下りている。塀が灰塵と化して崩壊した後に、その姿はもう見えなかった。

「ちっ」

六道士は貴族らしからぬ俗声を上げて、

「逃げたか。勘のいい奴だ。だが、見たぞ。骨と塵と化すまで、まず一日」

彼は天空へ顔を上げて、

「三百年間安らかに眠っていたものを。人間のくせによくも起こして、滅びの依頼など出来たものだ。まあ、あれだけの報酬だ。文句はないがな。しかし、初回でおれを戦慄させたあの鬼気、あの動き——Dとは怖るべき名前よ。だが、おれともうひとり——ハイランド公爵を凌げるか」


Dにおぞましい変化が生じていた。

「おい、顔に染みが吹き出とるぞ」

と左手が言ったのは、数キロ離れた深い森に入ってからだ。

夕暮れの木立ちの中で、Dは頰に手を当て、事態を知った。

「〝死眼〟とは、生きとし生けるすべてに死を与える。ふむ、おまえの場合はどうなるのじゃろうな」

「半ば生き、半ば死す」

とDはつぶやいた。滅びに対するいかなる感情も含まれてはいない。

「〝死眼〟も死者を滅ぼすことは出来ん。人間たる半身の死は、おまえに何をもたらすか、だの。あの六道士は諦めん、明日も来るぞ。公判は多分、10：00Ｍ（モーニング）になる」

「通常は夜だ。被告にも発言は許される」

「ふむふむ。そう画策する奴がいるということだな。では、治療に取りかかるか」

Ｄは左手をかたわらの途中ですくって来た土の山に乗せた。水が溢れ出し、土はみるみる泥土と化した。水は雨であった。

少し掻き廻すと泥濘が盛り上がった。そこへ左手を入れた。みるみる減っていく。ひとかけらも残さず消えると、

「よし」

のひと声とともに、ごお、と風が鳴った。手の平には小さな口が開いていた。空気がそこに吸いこまれたのである。常人がいれば、酸欠を起こしそうな吸引であった。

十秒ほどで熄（や）んだ。

開いたままの口の奥で、青白い光が点った。炎ではないか。

Ｄの不滅の鍵。地――土、水（すい）――雨、風（ふう）――吸引した空気、火（か）――口腔内の炎の四大元素が揃ったときに生じる神秘なエネルギーの生成が、またも行われようとしているのであった。

木立ちの間から、ひとりの男が茫然と、数メートル先の扉もない廃屋で行われる奇怪な行為を見つめていた。勤めの休日に、夕暮れの散歩にやって来た近隣の住人であった。

2

雨も熄まなかった。灰色の空にはさらに重暗い雲が敷きつめられていた。雹になるのを微妙なところでこらえているような雨は、ひどく冷たかった。

大審問院の大扉の横に掲示される日程を見て、左手はほおと呻いた。

「〝ハイランド公爵は、全面的に罪を認め、判決に従うと言明した。よって、本件は判決のみを言い渡すこととし、10：00Mに開廷する〟——こいつは面白くなって来た。ユン・リーめは、昼も自由に——かどうかはわからんが——動けるようだし、はて、どんな手を打って来るか。まさか、法廷では、とも思うが、こりゃ、刑の執行まで油断はならんぞ。傍聴席は五十——全員、ユン・リーの手の者とも考えられる」

「ハイランドの柩を破壊できる手段を考えたか？」

「——いいや」

「なら、審問院全体が敵へ廻っても同じことだ。誰も無駄死にはしたくあるまい」

「うーむ」

降りしきる、ともいえぬ雨の中で、左手の声ははっきりと困惑を伝えて来た。

公爵の柩は空港から直接、大審問院の三重監獄へ送られ、そこから法廷へ移される。「大」貴族にセレクトされているため、三重監獄の壁の間には貴族の動きを封じる水が満たされ、監視カメラ五台が常時稼働する。監視は百人が交代で当たり、十基の自動弩（いしゆみ）がこれをサポートする。

その夜は何事もなく過ぎ、９：30Ｍに、移送官が扉を開けて柩を運び出した。そのときの移送官の問い、

「気分はどうだ？」

に対して、柩は、

「快適だ」

と応じた。

９：45Ｍに入廷。検察側はすでに席についている。９：50Ｍに傍聴人入廷、９：55Ｍ審問官三名入廷。最高位の大審問官が、被告の罪状と検察側の要求、及び判決文を読み上げる。この簡潔ぶりは、被告たるハイランド公爵が全面的に罪を認め、一切の反論を行わずに刑に服すると宣誓したことによる。

傍聴席には意外な顔ぶれが並んでいた。

マキをはじめとするＱ18の乗客全員である。

旅を共にした仲間の公判だから、というのでは無論ない。

前夜、マキはこの町で最も大きな劇場のオーディションを受けた。

控室で待っているうちに、胸をふくらませていた自信は瞬く間にしぼんでしまい、不安と緊張ばかりが膨れ上がって来た。

——駄目だ、こりゃ
と諦めるのに五分とかからなかった。

その首すじに、かすかな鋭い痛みが食いこんだのである。

「え？」

ふり向くと、見覚えのあるケープ姿が空気に溶けていくところであった。

「え？　え？」

血も凍る思いで首すじに手をやると、小さなふくらみと血痕が指に触れた。

手鏡で確かめた。針で刺したような傷跡がひとつ残っている。

頭の奥で聞き覚えのある声がした。

「血を吸ってはおらん。代わりに、一滴だけおれの血を入れた。効果は死ぬまで続く。これは正当な報酬だ」


同じ頃、ジーニアス医師は下町の酒場で酔いつぶれる寸前だった。この町へ来たものの、生活していく自信はまるでなかった。

――病院はでかいのが幾つもあるし、どこぞの空家でこぢんまりと生きていくか

最後のひと口を飲み干そうとグラスを傾けたとき、テーブルに重い布袋が置かれた。後でわかったことだが、そこには三百万ダラスの金貨が納められていたのである。個人病院なら十軒は開ける額であった。一軒なら治療費を取らずに一生やっていけるだろう。

ふり返り、彼は戸口へ去っていくケープ姿と、戸口からやって来る四人連れの親子を見た。

「あの、いま外で、ケープを着た人から、あんたさんが名医だと伺いました」

と父親が言った。

「病院を開かれるそうで、その前に、うちの子供たちを診てやって下さい。もう一週間も熱と吐き気が止まらないんです。他の病院へ行っても薬代を払えないと言うと、誰も診てくれません。先生なら、お金持ちだから大丈夫だと、ケープの人が仰いました」

母親は医師の手を握りしめた。そして、それぞれの胸に抱かれた小さな顔が、じっと。ただひとりの救い主だと知っているようであった。

手にしたグラスを彼は見つめた。

頭の中に声が湧いた。

――袋の中身はおまえの正当な報酬だ

ジェニーは下町の安宿で、不安を抱えていた。明日、大病院の予約は取った。だが、貴族が

原因たる病が、人間の医術で治療可能かどうか。

アクアはベッドの上で昏々と眠っている。明日、診察の結果が治療不可能と出たら、どうしよう?

ふと、何もかも無駄のように思えた。

アクアがこうなってからはじめて、母親は二人の死を考えた。

睡魔が頭の中に入って来た。

意識が遠のき――また戻った。

アクアのベッドの横に誰かいる。アクアを覗きこんでいる。いや、首のあたりに――

かっと眼を見開いた。

誰もいない。

駆け寄って、息子の首すじを見た。

針のような傷がひとつ。

死人になったような気がした。

頭の奥で声がした。

――おれの血は抜いておいた。これはお前が受けるべき正当な報酬だ。だが、少し足りぬ。全額支払いは明日だ
ジェニーはアクアの反対側の首すじを見た。うじゃじゃけた貴族の口づけの痕は、ほとんど

消えていた。

ギャルストン政治部長は、ヘイゼルと夕飯を愉(たの)しんでいた。この町では最高級のホテルのレストランである。

明日は商工会議所で「〈辺境区〉全体の商業的価値を高める政策」についての討論に加わらなければならない。

彼の主張は単純だった。

いまも〈辺境区〉に残る貴族たちの徹底的な掃討である。

〈辺境〉の経済活動が、いまなお古風な農業と牧畜に頼っているのは、支配時代からの貴族たちの強制がなお影響力を保っているからだ。貴族にとって、人間は最も甘美な生命力の供給源であり、その反抗心を煽りたてるような、武器の開発を含む科学技術の発達などは、もっての外であった。それも、彼らの種的衰退に伴って牙を失い、人間たちの隆盛と反抗とを招くのだが、その恐怖の姿を取った影響力は、いまなお〈辺境区〉の七割以上に残り、人々を最も原始的な農業生活に留めているのだった。

しかも、貴族自体がまだ存在していた。数自体は激減したものの、それなりの人数が古えの城や館に残り、睨みを利かせているのだ。

彼らは昼、秘密の寝所で人間の襲撃を避け、夜ともなれば、人々の防禦を難なく通り抜けて、その生血を吸い取っていくのであった。

人間のＤＮＡの内部には、この恐怖がいまも残っていた。それは過去の奴隷化への従属を血管の中に流し、人々はひたすら田を耕し、牛馬を飼い慣らす生活に甘んじる。

これでは〈都〉や他の大都市が望む中央と〈辺境〉とを結ぶ経済活動は、いかに時間をかけても成し遂げられるはずはない。

過去に何人も、貴族の撲滅を主張した政治家や企業家たちはいた。だが、実現し得た者はひとりもない。

今回のギャルストンにしても、一介の田舎政治家の出来もしない主張と歯牙にもかけられぬのは、火を見るより明らかであった。

だが、ギャルストンには、ひとりほくそえむような必殺技があった。

「明日は頼むぞ、ヘイゼル」

かたわらで、典雅な美貌が、

「お任せ下さい。でも、首脳部を納得させるには、私の父の影響力よりも、二の政策、三の政策でも説得力を持たせておくことが大事です」

「わかっておるとも。〈辺境区〉での遣り手指導者を発掘し、援助する——それだな」

「はい。仰られた五名はリスト・アップしてありますが、口先ばかりというタイプが多いと思います」

有能な秘書は、その辺をはっきり言って、雇い主を困らせる。困らせるが、キツいことは言えない。

今回も苦虫を噛みつぶしたような表情のまま、

「とにかく頼むぞ」

と言った。ヘイゼルの祖父と父は、〈都〉の経済省を牛耳る大物であった。

「はい」

ところがヘイゼルは困っていた。今回の旅に出る前日に、父が交通事故で亡くなったと連絡が入ったのだ。父だけが頼みの綱のギャルストンにはまだ伝えていないが、明日の会議の席では公開せざるを得まい。

——失業かなあ
と、ブランデー・グラスを持ち上げたとき、赤い表面に何かが映った。

「え？」

と眼をしばたたいても、何もない。

反射的にふり向くと、戸口の方へ見覚えのあるケープ姿が歩み去っていくところだった。

グラスを見た。小さな波紋が消えていくところだった。

頭の奥に声が聞こえた。

「明日、すべてを上手くいかせたければ、そのワインを飲め。これはおまえたちの正当な報酬だ」

「オーディションはどうだった？」

隣りのジーニアス医師が何気なく訊いて来た。酒瓶がないのを不審に思いながら、

「合格よ。トーップ」

マキは人さし指を立てた。

正に、ごぼう抜きのダントツ一位であった。控室を出るときから、体内に熱いものが漲っていた。圧倒的な自信であった。居並ぶ審査員は、すべて木偶人形に見えた。店のオーナー、歌とダンスの専門家、ギャングの親分みたいな葉巻男――気にもならなかった。

歌って踊り、一メートルもジャンプして終わったとき、自然に右手をふり上げ、ブラボーの叫びを上げた。

「一礼して控室へ戻る途中で、オーナーが十年契約を提示して来たわ。最高の待遇よ」

「ほう、それはそれは――」

「断っちゃった」

「何と？」

「もっとイケると思ったのよ。なんか、ひとつの劇場に抱えこまれるのがヤんなっちゃった。〈辺境〉中を廻って好き放題に歌って踊りたくなったの」

「ほうほう」

「あんたはどうしたのよ、酔っ払いドクター？　病院へ潜りこめたの？」

「いいや、わしも給料取りになるのはやめた。馬車を一台買ってな。そこに手術台や治療室を備えつけて、〈辺境〉の患者全部を回診することにしたのだよ」

「よくそんなお金が――」

言いかけて、マキはうなずいた。気がついたのである。

「ま、しっかりおやんなさいな。みんな喜ぶわよ、ドクター」

「何の何の」

と声を出さずに、そっくり返って笑ってから、反対隣りの母子へ、

「また会ったな。その子はどうなった？」

「治りました」

「へ？」

マキと医師の反応であった。

「治ったって、ちょっと」

眉を寄せたマキが、しかし、急に、

「――とにかく治ったならオッケ。よかったわねー」

と少年の頰を引っ張って笑いかけた。

「うん！」

アクアの笑顔は、法廷の中の小さなかがやきであった。

「お偉いさんが来てないわね」

マキが皮肉っぽい口調で言った。

ギャルストンとヘイゼルのことである。

「確か今日、大事な会合があるはずです」

とジェニーが言った。

「お忙しいこと」

マキがわざとらしく肩をすくめてみせた。

「もうひとり――欠けてるな」

医師の言葉に、みな沈黙した。

言いたいことはわかっている。もう別れた若者である。だが、ここに彼がいなくては、決定的に何かが欠けてしまう、と全員が感じた。

彼は何処にいる？

そのとき、傍聴人席のドアが開いた。

3

入って来たのは、ギャルストンとヘイゼルであった。

ふり向いて、へえ、という乗客たちの視線を浴びつつ、二人は最後尾の列に腰を下ろした。

おかしなところはない。ここへ来たということが、いちばん奇天烈だろう。

本物の奇現象は、その後に起こった。

法廷の扉は、大量の傍聴人を一度に収容すべく、かなりの大きさを誇っている。

そこから六頭立ての黒い馬車が一台、轍（わだち）のきしみも高らかに乗りこんで来るなり、二段に分かれた通路の上段いっぱいを占めて、静止したのである。

精緻巧妙な彫刻を施した車体の主を知っているのは、Dのみであったろう。

だからといって、馬車の主のその行状は異常だし、さらに、周囲の連中の振舞いにいたっては異常を通り越して奇怪とさえいえた。

馬車がここに到るまで、誰ひとり止めもしなかったし、扉に張りついている役人も、気づかぬもののごとく侵入を許したのであった。

気づかない。それは馬車が見えないのだ。馬車自体、どのような技術の結果か、馬たちの呼吸（いき）も鉄蹄の響きも四方へ洩らさず、やって来た。Dに気づかれなかったごとくに。

開廷時間をわずかに過ぎて、三名いる審問官のリーダー――大審問官が、開廷を宣言した。

通常、ここで人間――原告側からの論告求刑が行われ、次いで貴族――被告側からの意見陳述に移るのだが、すでに被告人が罪を認め、弁護側からの反証反論も一切なしとの手続きも踏まれているため、形どおりの論告求刑の後は、大審問官がその旨を伝え、即、判決に移った。

「被告は一千年以上前から、人間を材料とした奇怪な実験に明け暮れ、その結果、失踪者数は五十万人を超えた。これは被告自身の証言によるものであるが、一切の手段による記録が入手できないため、当人の言を採用するにしくはない。他に、ユン・リー大公、ギリラーナ男爵の二名が加担していたとはいえ、被告本人の罪は明々白々にして、ここに当法廷は貴族に対しての最高刑〝打斬光(だぜんこう)〟をもって、償わせるものとする」

すなわち、公爵は心臓に杭を打ちこまれた後、首を斬り落とされ、遺体は陽光にさらされることになる。

「刑の執行は本日中。当法廷の裏庭で行われる――以上」

大審問官が木槌を叩いた。その余韻が消えぬうちに、黒馬車の御者台の背後――馬車の最前面に当たる部分が開き、その中に真紅の光が点ったのである。

あらゆる生命を朽ち果てさせる〝死眼〟の光は、その焦点を――公爵の柩に当てていた。

衆人の眼は、柩が錆をふき、縮み、粘土のように崩れ落ちていく光景を見たであろう。

崩壊に要した時間は三十秒ほどであった。

公爵の寝姿が現われる。

「出たな、ハイランド公。こんな形で会うとは思わなかったぞ。まして、滅びへの道を辿らせるために、とはな」

このとき、六道士ライゼンローは、この世で彼の耳にしか聞こえないつぶやきを聞き取ったかも知れない。

「こっちもじゃ」

という嗄れ声を。

無論、公爵のものではない――と知った驚きに、〝死眼〟は一瞬、その魔力を失った。

こちらへ飛翔する物体を見たのもその一瞬であった。

それが塵と化すと同時に、ランゼンローの〝死眼〟は白木の針に射ち抜かれていた。

針はそれまで着ていたハイランドのマントを放って跳躍した、黒衣の若者が放ったものである。

「――D⁉」

確かにDだ。だが、いかに彼とはいえ、被告たるハイランド公爵の柩に身を潜めて法廷に参加していたとは。

「どうしてだ、D？　どうしてここに？」

六道士が怒りも憎悪も失った驚きばかりの声で訊いた。〝死眼〟はもう片方残っている。だが、痛みと驚きが、魔力を奪い去っていた。

「昨日、おまえから受けた傷を治療しているところをある男に覗かれたのだ。捕まえて身分を尋ねると、大審問院の三重監獄の典獄——最高責任者だと言う、後はわかるじゃろう」

Dは典獄を脅し、公爵の柩に身を潜めた。公爵をも交えて話し合った結果なのは言うまでもない。

「面白い——お任せしよう」

と公爵は言い、こうつけ加えた。

「しかし、おれが六道士とやらの手にかかっても、おまえには関係があるまい。何故、そこまでやる？」

「奴はおれに刃を向けた」

「うわお、喧嘩相手は許さぬ、か。恐ろしい男よ」

公爵は別の柩に移され、法廷へはDが運ばれた。これに関係した刑務官たちには、典獄から絶対の箝口令が敷かれた。最も不可解なのは、一生を棒に振りかねないその行為に、脅されたくらいで典獄が加担した理由だが、脅しの相手がDだ、ということに尽きる。その脅しは人外の恐怖を与えるに十分だったろうし、何よりもその美しさが、典獄の人間としてのあらゆる道徳的な枷を霞と化せしめるものであったろう。

ライゼンローにもそれは理解できた。

典獄の話を聞いただけで、彼の声は納得の響きを帯びた。

「――確かに、わかる。人間には逆らえまい」

こう言うと、六道士は両眼を閉じた。

突然、法廷内に驚きと恐怖の絶叫が響き渡った。

人々はようやく、廷内の馬車に気づいたのである。六道士は自ら幻覚術を破綻させたのだ。

馬車が後退した。サイボーグ馬は後じさりが可能だ。騒ぎと混乱の中を脱出するのは、困難なことではない。

だが、断ち切られるように、あらゆる物音は絶えた。人々はふたたび馬車の存在を忘却した。のみならず、ライゼンローが術を解く前と同じ席に、同じ格好で腰を下ろしたのである。あたかも時間が逆転したかのように精確な動きで。

世界はもう一度、幻覚を選んだのだ。

Dが地を蹴った。

馬車の上に舞い降りる姿は、正しく巨大な蝙蝠のように見えた。

いつ抜いたのか、いつ逆手に持ち替えたのか、刀身は馬車の屋根から真っ逆さまにその内部(なか)まで貫いていた。

短い悲鳴が上がり――それだけだった。

血まみれの刀身を抜き取ってひとふりすると、血はとび散り、一滴も残らなかった。

Dは傍聴人席へ眼を向けた。

予想に反した参加者を。

ギャルストンのかたわらで、ヘイゼルが鋭い眼差しを馬車に据えていた。

「あれじゃな」

と左手が穏やかに言った。

「事は終わった。じき、自然に元に戻るじゃろう」

Dは御者台にかけると、手綱を取って馬車を法廷内から動かし、玄関から街道へ誘導すると、ひと鞭当てた。偶然にもヘイゼルが我に返ったのはその瞬間であった。

今度の騒ぎは前より激しくなかったが、被告人の柩と当人が消失したと、全員をのけぞらせた。

じき、公爵の存在が明らかになって騒ぎは収まったものの、この日、法廷で何があったかは、二人の決闘者と、三重監獄の一室で眠っていた貴族にしかわからぬままであった。

そして、訳がわからぬまま、新たな柩を死罪の場へと運びこんだ人々は、法廷の参加者以上の驚きに包まれた。

柩からハイランド公爵の姿は、忽然と消滅していたのである。

夕暮れになっても雨は降り続いた。不思議と世界は暗くはなかった。虚空はしみじみとしない光を湛え、それでも、雨の紗を通してかなり遠くの尖塔や、ゆるゆると回転する発電用の風車まで見ることが出来た。

町はずれの丘の上に、数個の影が立っていた。

周囲には大小の墓石が並んでいる。ここは雨に濡れる墓所なのだ。

そして、墓所にふさわしく、影たちの真ん中には柩がひとつ、雨を撥ね返していた。

「聞こえるな、公爵」

と、影のひとつが訊いた。

「陽は落ちた。出て来い」

応じるように柩が言った。

「ここで聞こう――雨は苦手でな」

影が二つ前へ出た。

「よせ」

と声の主が止めた。彼だけは雨を浴びていなかった。しぶきは彼の身体を丸く覆う形でとび散ってしまう。

「おまえを昼の間、処分せずにおいたのは、わしの手元にある実験記録とおまえの記憶とを照らし合わせるためだ。ユン・リー大公とギリラーナ男爵からは、すべて聞き出した」

「それでおれを狙わせたか。おれの記憶が人間に洩れるのを怖れてなどとホラを吹いてな。あいつらが、〈ご神祖〉の実験の場を離れてから、人間と組んでその成果を利用しようと目論んでいる――これは耳にした。おまえがそうか」

「フィット・モルゲンという。〈都〉では経済省の顧問を務めておる」

「それで、〈ご神祖〉の成果をかすめ盗ろうと考えたものか」

「おかしな言いがかりは慎んでもらおう。わしは貴族の成果を人の世に還元すべく努力している者だ。すでにエネルギー関係の一部では目的を果たした。次は――」

「〈不老不死〉を人間に賜るか？」

枢が笑った。

「無駄だ。出来はせん。少なくとも、おれの結論はそうだった」

「大公も男爵もそうだった。だが、それまでに費やした年月が急に虚しくなり、途中からわしの誘いに乗ってしまった。なあ、公爵よ――不老不死のおまえたちでも、虚無を感じることはあるのか？」

「金儲け以外に頭を働かせたことはないのか？　おまえのこれまでの人生を、永遠に送らねばならんと考えたことは？　いつか周囲の者すべてが失せても、生きていかねばならんというのはどういうことか？　この星がやがて太陽に呑みこまれても、おまえは生きていく。それは胸高鳴ることか？　心臓がすくみ上がることか？　考えることと無縁の奴がする問いだ」

「……」

「それに、おまえは〈ご神祖〉の真の目的をわかっておらん」

「何？」

モルゲンの表情が空(から)になった。

「不老不死を人間に与えることなど、あの御方は考えていなかった。あの御方が求めていたものは、常に未来であった。だから、おれも力を貸した。何百万人もの人間を老若男女の区別なく殺したのも、やがて来るものを信じてだ。だが、あの御方はいつか去り、おれたちの実験も無と化した。そのとき、おれは過去を見た。未来のために踏みつけて来た過去をな。そして、人間の裁きを受けることに決めたのだ。おまえは何故、ギリラーナとユン・リーに先におれを襲わせた？　おまえの目的を果たしてからでもよかったはずだぞ」

「おまえならあいつらに勝てると思ったのだ。しかも、Q18には、Dも乗り合わせていた。たとえ殺害を依頼されていなくても、生きるために奴らと戦うだろう。そうすれば、おまえも間違いなく助かる。用済みの二人も消える」

「遠大な計画だな。だが、おまえたちだけで、おれを滅ぼせるか？」

「六挺の杭射ち銃が狙っておる。外は雨だ。何よりも、あの二人の資料の中に、わしは面白い記述を見つけた。それは――何だかよくわからんが――柩の表面に付けてある」

白いペンキで――十文字(クロス)が。

「その印を付けるまで、資料を読み続けたのは、わしの勘だ。もし、一瞬でも眼を離したら、すべては忘却の彼方に去る——そんな気がしたのだ。だから、侍医に命じて、その部分を網膜に灼きつけた。いまもわかるぞ。貴族どもは十字架（クルーシフィクス）と十文字（クロス）を怖れるとな」

「余計なことを」

「では、照合を受けるな？」

「断る」

「何⁉」

　雨音を消し去る怒号のごとき驚愕の叫びであった。

「おまえはある意味正しい。おれは少々生き疲れた。今度眼が醒めたら別の場所にいたいものだ」

「どうしても嫌か？」

「断る」

「では、これを見ろ」

　貴族の技術の応用か、空中に小さな村の全景が映し出されたではないか。

　すぐに村の中になった。穏やかな春の陽射しの下で、村人たちの生活が次々に映し出されていく。

　庭先で子供たちを集めて絵本を読んでいる老人。森の中を歩く老夫婦。野原でスケッチに励む老婆。

「これは？」

さすがに訝しげな声へ、

「百年前、おまえがひそかに実験室から逃がした子供の成れの果てだ。奴らは集団で小さな村を作り、いま生き残っているのはほんの数名だが、その家族が村を維持している。実際に行ってみたが、〈辺境区〉には珍しい、豊かで穏やかな村だ。〈都〉や〈役所〉からの締め付けが、何故か厳しくないのだな。だが、返事次第では〈辺境区〉一の暮らしにくい村となり、やがて廃村と化すだろう」

二秒ほど間があった。

「よかろう――読め」

と公爵の声が言った。

「さすがに未来のために努力して来た男だ。何をすればよいのかわかっておる。では――『資料バンクBの667』――〝前頭葉の〈神祖区〉におけるドワーフ式施術によって、思考力を観念動力に変換する法〟だ。『667』には、四六千百九十八行目から七千一行目まで欠けている。欠損部分を埋めよ」

間髪入れず、

「欠損部四千六百九十八行目から七千一行目まで――〝凝集言葉〟によって送る」

雨音もとまどうような奇怪な音声が、数秒間続いた。

「そうか――これで理解できたぞ。大丈夫だ。わしの持つ貴族の知識で実現可能だ。〈都〉一の親衛隊が作れるわい。次だ。『資料バンク84516』――」

雨中の問答は三十分ほどで終わった。

雨脚はさらに速く、光はさらに薄れて、闇が支配を宣言しようとしていた。

左方から、たどたどしい足音が近づいて来た。

ビニールのレインコートを被った女であった。胸に子供を抱えている。ジェニーとアクアだ。

「何者だ？」

モルゲンの声が咎めた。影が二つ走り寄り、杭射ち銃を突きつけて連行した。

「公爵様に――いえ、Dさんに用があって……」

ジェニーの声は弱々しいが、澱みはなかった。

「Dに？　公爵、おまえの名も出たぞ。知り合いか？」

「さて」

「何にせよ、邪魔者だ。二人とも処分せい」

「おい、やめろ」

公爵の怒号も無視して、二人を連れて来た影たちの手に刃がきらめいた。

それがふり下ろされる前に、別の光が影たちの身体を横に薙いでいた。わずかに残る光の中で、影たちは腋の下から上下に切り離され、四個の肉塊と化して崩壊した。

その前に立つ新たな影は、何処から来たのか。いつこの現場にどうやって到着したものか。

「おまえは——D⁉」

モルゲンの影が驚愕を示して揺れた。

「ほお」

と公爵の柩が洩らした。

「殺せ」

モルゲンの判断ミスは、Dを囲もうともせず、元の位置での発砲を影たちに命じたことであった。

唸りとぶ楔を躱し切り捨てて、Dはモルゲンの影へと肉迫した。

「やめろ」

雨滴を撥ね返す影の声に含まれる感情は曖昧であった。いかなる攻撃をも受けつけない防禦体（バリヤー）への信頼と、Dへの恐怖だ。

見えざる防禦体の表面が黄金の光を放った。水滴すら黄金に見えた。

Dは足を止め、よろめいて眼を閉じた。

その瞳には黄金の十文字が灼きついていた。ダンピール——貴族の血は、これを忌避する。

「やはり効いたか。念には念をと仕込んで来たのだ。いまだ、射殺せ！」

残った四つの影が肩づけした杭射ち銃が、高圧ガスの音を放った。

だが――見よ。四本の楔はことごとく両断されて、弾けとんでいるではないか。人間の血はその剣の神業を維持しているのだった。

「うわわ」

もう勝ち誇るのも忘れて、モルゲンの身体は垂直に上昇した。十メートルのところで西へ――町の方角へと去る。

両眼を封じられたまま、Dは右手の刀身を槍のように投げた。

バリヤーが――マッハを超す砲弾にも耐え得る防禦体が、まるで紙のように刀身の飛来を許し、守られるべき心臓もまた紙のように貫かれた。

バランスを崩し、方向舵を失った飛行体のごとく四方へ飛び狂って爆発したのは、Dの真上であった。火花と破片が落ちて来るのを躱しもせず、Dは前方へ進んだ。

その手に武器はない。だが、四人の生き残りは真にそうなるべく、雨を蹴散らして逃亡に移った。

雨音が激しさを増した。

十歩ほどの位置でDは足を止め、地面に突き刺さった長剣を引き抜いた。

「片づいたようだな」

公爵の声が、念を押すように言った。

「確かに」

「人間、あまり欲をかかぬことだ。貴族を巻きこんでとなると、なおさらな。母子は無事か？」

「大丈夫だ」

「では、ひとつ頼みがある。忌々しいものを剝がしてくれ」

Dはその頼みを聞かなかった。

右手を持ち上げるや、柩の真ん中に打ち下ろした。

柩は四散し、ハイランド公爵はさすがに愕然と起き上がった。

「顔の割に無茶をするな」

そして、頭上を見上げ、眉をひそめた。

「久しぶりに外の空気に触れたと思うと雨とはな」

Dと――ジェニー母子が、彼を見つめている。

「ところで」

公爵は、周囲の墓標と墓石に眼をやってから言った。

「柩を壊した以上、おれを審問場に連れていくつもりはあるまいな？」

Dは刀身を収めていない。

「おれがあの輸送体に乗ったのは、おまえの抹殺を求められたからだ。おまえとあとの二人が行った人体実験は、赤ん坊から老人にまで及んだ。その遺族たちが、審問会以外の制裁を求めたとしても、文句は言えまい。おまえは未来への情熱に燃えて、幼子たちの未来を奪った。悔やんでも耳を貸す者はいまい」

「そのとおりだ」

公爵は静かにうなずいた。

近くに倒れている影の腰から長剣を奪うと、刃を抜いて鞘を捨てた。

「断っておくが、戦う以上は勝利者になるつもりだ」

赤光がDを貫いた。

「よかろう」

Dは右八双に刀身を立てた。対して公爵は下段。どちらの刀身も濡れていないように見えた。雨も触れるのを怖れたのか。

「おまえとの戦い——予想していたわけではないが、予感はあった」

と公爵は言った。

「だから手を打った。使うかどうかは別だが、な」

Dは左右と後方に気配を感じた。

どれも公爵のものであった。

「ただの幻覚じゃ」

左手が言った。

「だが、ハイランド式のは少々エグいぞ。幻覚界の中で殺されたら――」

三方から幻の公爵が地を蹴った。

斜面に激突した波がすり上がっていくような秘太刀を、Dはすべて打ち返したものの、左方から新たにふり下ろされた刀身に額を大きく割られ、前方へ回転しつつ跳躍し、白木の針を投げた。

それはなお追いすがろうとする左の公爵の心臓を貫き、彼は前のめりに倒れ伏した。泥が跳ね上がった。

「やるな」

前方の公爵が白い歯を見せた。

「だが、Dよ。その傷は幻覚ではないぞ。おれの幻覚界に入った以上、そこでの傷も死も現実のものとなる。夢からは醒めぬのだ。そして、見ろ」

倒れた公爵がゆっくりと立ち上がった。

「おれは死なぬ。幻界の王ゆえに」

声より早く、公爵は疾走に移っている。同時に右と後方から幻の公爵も現実の死を与えるべく走り寄る。

顔面を覆う出血のためか、無策棒立ちとなったDへ、三条の刀身が大波のように打ち寄せた。

その間を光る飛燕（ひえん）が舞った。

幻の世界に生々しい切断音が渡り、Dにのしかかるように崩れた右方後方の公爵の首は、高々と宙に舞っていた。この世界にも雨は降る。雨は赤い色彩を添えて降りしきった。

二つの胴の心臓を貫くDに、公爵は驚愕の視線を投げた。その首に朱い線が走った。それは太さを増して太い血の帯となって、胸もとに広がった。彼は左手で傷口をふさいだ。

「まさか――自らの血を吸ったくらいで、おれの幻覚界を綻びさせることは出来ぬはずだ。それなのに――Dよ、おまえは何者だ？」

これまでに戦った無数の貴族たちが放ったその問いに、答えはない。

いまDは額を割られた地獄の激痛に耐えながら、前方の敵に全神経を集中させていた。公爵に手傷を負わせたことすら記憶していないのかも知れなかった。

その背から心臓へ、灼熱の痛覚が食いこんだ。

隠し持っていた刃渡り三十センチものナイフから、凶漢は悲鳴を上げて遠ざかった。男ではない。女であった。子を持つ母であった。

どっと片膝をつくDへ、公爵は深沈たる声で、

「やはり、手を打っただけのことはあった。あの乗客たちは、みな、おれの配下になっておったのよ。おお、左手が泥を食ろうておるな。それで地と水、おお、おお、風も吸いこみはじめたか。では、最後、火が整う前に、勝ちを宣言させてもらおう。その後で、おれも逝く」

「ひとりで逝くがよい」

それが左手の放つ嗄れ声だと知った刹那、公爵は大きく踏みこんでDの心臓へとどめの突きを放った。

青い火花を上げて、刀身は打ち落とされていた。Dの一撃だ。そして、それに逆らう力は、一瞬のうちに公爵から失われていた。

彼は眼前に突きつけられたDの左手の平を見つめた。風を吸うはずのその表面は青い煙を吐いていた。貼りつけた小さな十文字(クロス)は、Dの体内を流れる貴族の血を許さぬのであった。

Q18の機内で、ユン・リー大公からの刺客が彼の柩に置いた品だと、公爵はついに理解できなかったろう。

打ち落とされた一刀を拾い上げる暇は無論なかった。

Dの刀身に心臓を貫かれた身体は、立ち姿勢を崩さぬまま、雨に溶ける泥人形のように崩れ落ちていった。

一刀を地面に突き立て、Dはそれにすがって立ち上がるや、左手を背中へ廻した。十文字を捨てて生じた小さな口が、ナイフの柄端を咥え、鍔元まで呑みこむと、一気に引き抜いた。

「一秒間の死じゃ」

ナイフを吐き捨てた左手が、憮然とした声で告げた。

Dは母子をふり返った。

公爵の死で我に返ったジェニーは、死者の顔つきであった。

その前にアクアが両手を広げて立った。母を庇ったのである。こちらは決死の顔つきへ、

「帰り道はわかるな？」

とDは訊いた。激しい雨音も吸い取られるような鋼の声であった。

ジェニーはうなずいた。

Dは歩き出した。彼に関して、すべては終わったのだ。

すれ違う寸前、彼は少年を見下ろした。少年もDを追っていた。

後に――作家となった少年は、著書の一頁にこう記している。

「――そのとき、私は微笑みを見た。それからずっと――この身が朽ちるまで、それを浮かばせたのは私だと、誇らしい思いとともに生きていけることだろう。それは、そんな笑みであった」

『D―呪羅鬼飛行』（完）

あとがき

本書は、実は世に出る予定ではなかった。正確には、いつか出ることになったかも知れないが、現時点ではなかった。

現に一月の半ばまでは、私の頭の中には影も形もなく、私の関心の的は、出たばかりの『エイリアン超古代の牙』の成績だけだったのである。

しかし、突如、私は本作のタイトルとストーリイを思いつき、怒涛のごとく——本当に何十年ぶりだろう——執筆を開始した。

いつもダラダラ見ているBSやCSも無視——どころかTVを点けもせず、半月で三百枚を仕上げてしまった。

理由はある。

一月の半ば、ある小説賞の担当者から、「吸血鬼ハンター〝D〟」シリーズが、候補に上がっているとの知らせが入ったのである。まずいことに、その少し前、私はある占いの専門家から、

「今年はツイてる。二月X日から強運が働く」

とのお墨付きを得ていた。

さあ——もう怖いもの無しである。

私の頭の中では、「XX文庫賞受賞！」との帯に飾られた〝D〟が、片っ端から売れていった。

発表は三月一日である。なら三月にはばーんと、と思ったが、そもそも予定外の出版になる。出版社が、

「べえーっだ」

と言ったらそれっきりである。

そこで私は、駄目だったらアメリカ（の出版社）に売ろうと思い立った。実は以前、ロサンゼルスで開かれたアニメ・コンベンションに招かれたとき、会場を埋め尽くしたファンを前にしてつい気が大きくなり、

「アメリカ出版用に〝D〟を書き下ろす」

と宣言したことがあったのだ。また、〝D〟なら絶対話題になる、という確信もあった。

「しめしめ」

かくてペンは進みに進み、一週間で百五十枚を書き上げた私は、朝日新聞出版の編集者に、

「帯つけて出しておくれ」

と申し込み、快諾を得た。

そして、アメリカ出版のことはすっかり忘れ、書きに書いて本書は完成したのである。

その間に、賞の方は落選したものの、〝D〟のハリウッド映画化権を持っているS・Hプロ

デューサーが来日した折り、〝D〟の新作を書いていると内容を告げたら、躍り上がって喜び、

「飛行機の中だけか？」

とにこにこ。

「いや、不時着したりする」

と返したら、うーむと唸って黙りこんでしまった。飛行機内だけで展開するドラマなら、セットひとつで済むと考えたのであろう。世の中はそんなに甘くないのだよ、S・H君。しかし、本気で〝D〟に入れこんでいるのなら嬉しい反応である（イフ付きなのは、映画屋さんの本性を少しは知っているからだ）。

かくの如く、ひょんなことから『D―呪羅鬼飛行』はみなさんの眼に止まることとなった。誕生のきっかけは、あれれだが、出来栄えは――読んでのお楽しみである。『D―魔性馬車』以来の群像劇だが、「魔性――」は、アメリカのAMAZONで最も批評の集まるのが早かった。「呪羅鬼飛行」はどうだろう。

二〇一八年三月七日
「デイライツ・エンド」（2015）を観ながら

菊地秀行

吸血鬼(バンパイア)ハンター33
D－呪羅鬼飛行(じゅらきひこう)

朝日文庫
ソノラマセレクション

2018年4月30日　第1刷発行

著　者　菊地秀行(きくちひでゆき)

発行者　須田　剛
発行所　朝日新聞出版
〒104-8011　東京都中央区築地5-3-2
電話　03-5541-8832（編集）
03-5540-7793（販売）
印刷製本　株式会社 光邦

Published in Japan by Asahi Shimbun Publications Inc.
定価はカバーに表示してあります

ISBN978-4-02-264884-6

菊地　秀行
吸血鬼(バンパイア)ハンター㉓　D－冬の虎王(こおう)

Dは、かつて〈虎王〉と呼ばれ、究極の兵器を使用して勇名を馳せた貴族＝吸血鬼の抹殺の依頼を受ける。ベストセラーシリーズ書き下ろし作品。

菊地　秀行
吸血鬼(バンパイア)ハンター㉔　D－貴族戦線(きぞくせんせん)

人間への技術供与と引き換えに生贄を要求した貴族＝吸血鬼の抹殺を依頼されたDは、〈神祖〉がかつて謎めいた実験を行った奇怪な城へと向かう。

菊地　秀行
吸血鬼(バンパイア)ハンター㉕　D－黄金魔(おうごんま)［上］

今度のDの依頼主は、貴族から借金を取り立てるから護衛しろという謎の老人。しかも彼は、五〇年前に〈神祖〉に会ったことがあるというが……？

菊地　秀行
吸血鬼(バンパイア)ハンター㉕　D－黄金魔(おうごんま)［下］

〈神祖〉に愛されたという大物貴族は、自分の娘を借金の利息として差し出すことに同意していた。しかし、その娘というのは⁉　〈黄金魔〉編、完結。

菊地　秀行
吸血鬼(バンパイア)ハンター㉖　D－シルビアの還る道

貴族の城から暇を出された娘・シルビアを故郷まで護衛することになったD。なぜなら、シルビアを連れ戻そうと追って来る貴族がいたからだ。

菊地　秀行／イラスト・天野　喜孝
吸血鬼(バンパイア)ハンター㉗　D－貴族祭

貴族の入った石棺を運んでいる輸送団が妖物に襲われていたのを救ったDは、そのまま彼らの護衛を引き受けることになるのだが……？

朝日文庫

菊地　秀行
吸血鬼（バンパイア）ハンター28　D―夜会煉獄（れんごく）

〈貴族祭〉の行われる村に貴族の石棺を無事に届けたDたちだったが、そこで新たな刺客に狙われることになって……？　孤高の戦士の戦いは続く！

菊地　秀行
吸血鬼（バンパイア）ハンター29　D―ひねくれた貴公子

ダンピールの少年を連れた娘がDを訪れる。依頼は、父である貴族のところまでの護衛。しかし、Dは少年の父親を滅ぼす依頼も受けていた……。

菊地　秀行
吸血鬼（バンパイア）ハンター30　D―美兇人

貴族の領主から、人間との中間である「もどき」のを排除を依頼されたD。領主の娘とともに、Dは旅に出ることになるが……。

菊地　秀行
吸血鬼（バンパイア）ハンター31　D―消えた貴族軍団

仲間を救うため〈消滅辺境〉に向かっていた〈医師団〉は、Dに護衛を依頼する。貴族さえも帰還不能な〈消滅辺境〉で彼らを待ち受けるのは!?

菊地　秀行
吸血鬼（バンパイア）ハンター32　D―五人の刺客

〈神祖〉が残した六つの道標を手に入れると、不老不死になれるという。道標を手に入れるのは誰か？　Dは、何故この戦いに身を投じたのか？

菊地　秀行
エイリアン超古代の牙

世界一のトレジャーハンター・八頭大が次に狙うのは最凶の未知の飛行体!?　一七世紀ロンドンや南極と、時空と世界をまたにかけての大バトル！